DATE DUE

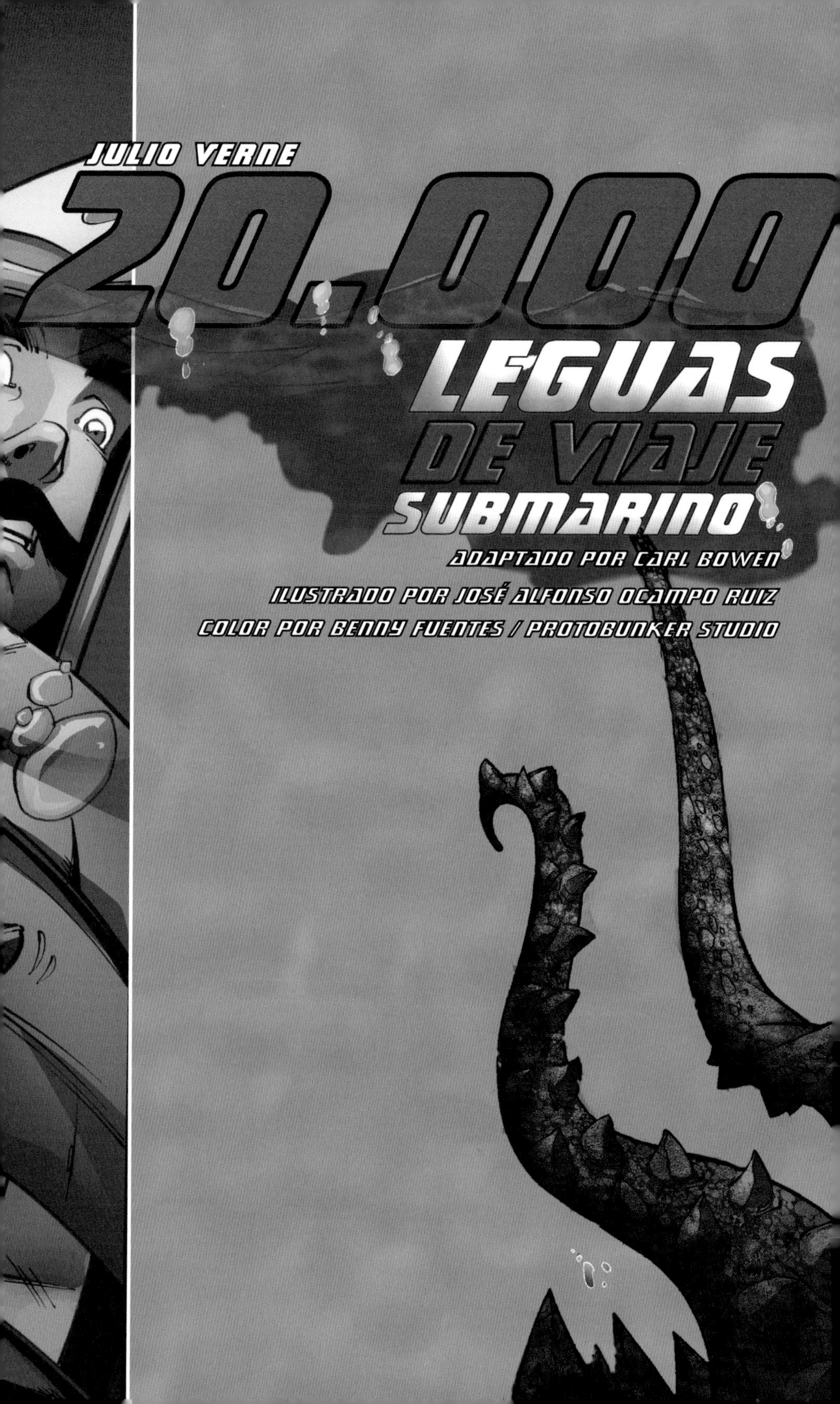

JULIO VERNE

20.000 LEGUAS DE VIAJE SUBMARINO

ADAPTADO POR CARL BOWEN

ILUSTRADO POR JOSÉ ALFONSO OCAMPO RUIZ

COLOR POR BENNY FUENTES / PROTOBUNKER STUDIO

Graphic Revolve es publicado por Stone Arch Books
A Capstone Imprint
1710 Roe Crest Drive
North Mankato, Minnesota 56003
www.capstonepub.com

Impreso en los Estados Unidos de América, North Mankato, Minnesota.
042014
008142R

Informacion de esta publicacion se puede encontrar en el website de la Biblioteca del Congreso.

ISBN: 978-1-4342-2324-1 (encuadernacion para Bibliotecas)

Resumen:
Título original: *The Hound of the Baskervilles*
Adaptación: Carl Bower
Ilustraciones: Alfonso Ocampo Ruiz
Traducción al español: María Carolina Berduque — Juan Cruz De Sabato
Diseño Gráfico: Kay Fraser
Color: Benny Fuentes / Protobunker Studio

ÍNDICE

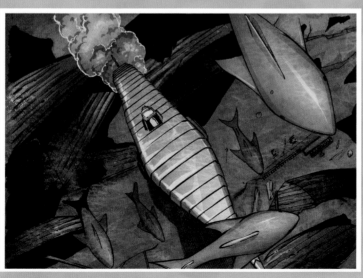

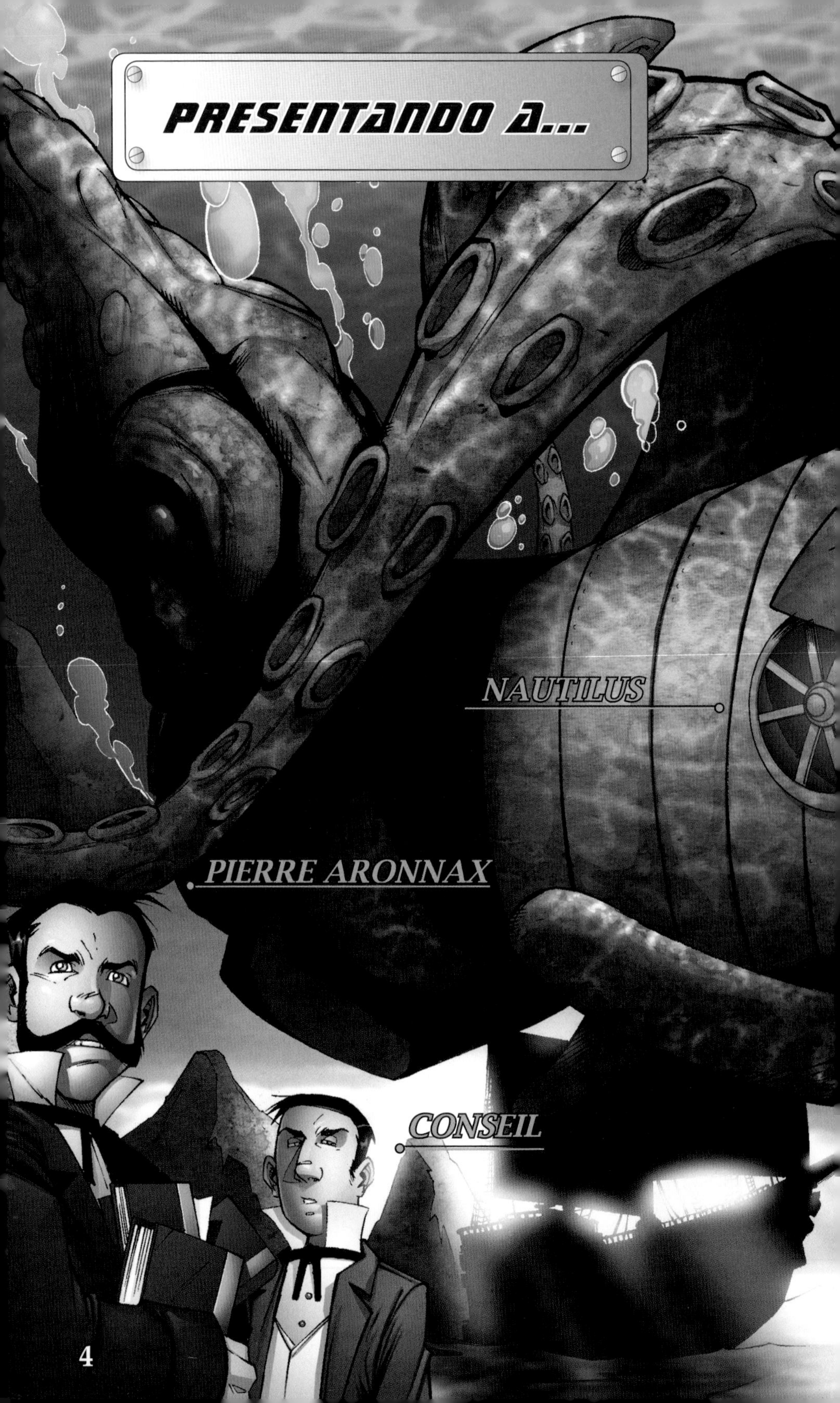
PRESENTANDO A...
NAUTILUS
PIERRE ARONNAX
CONSEIL

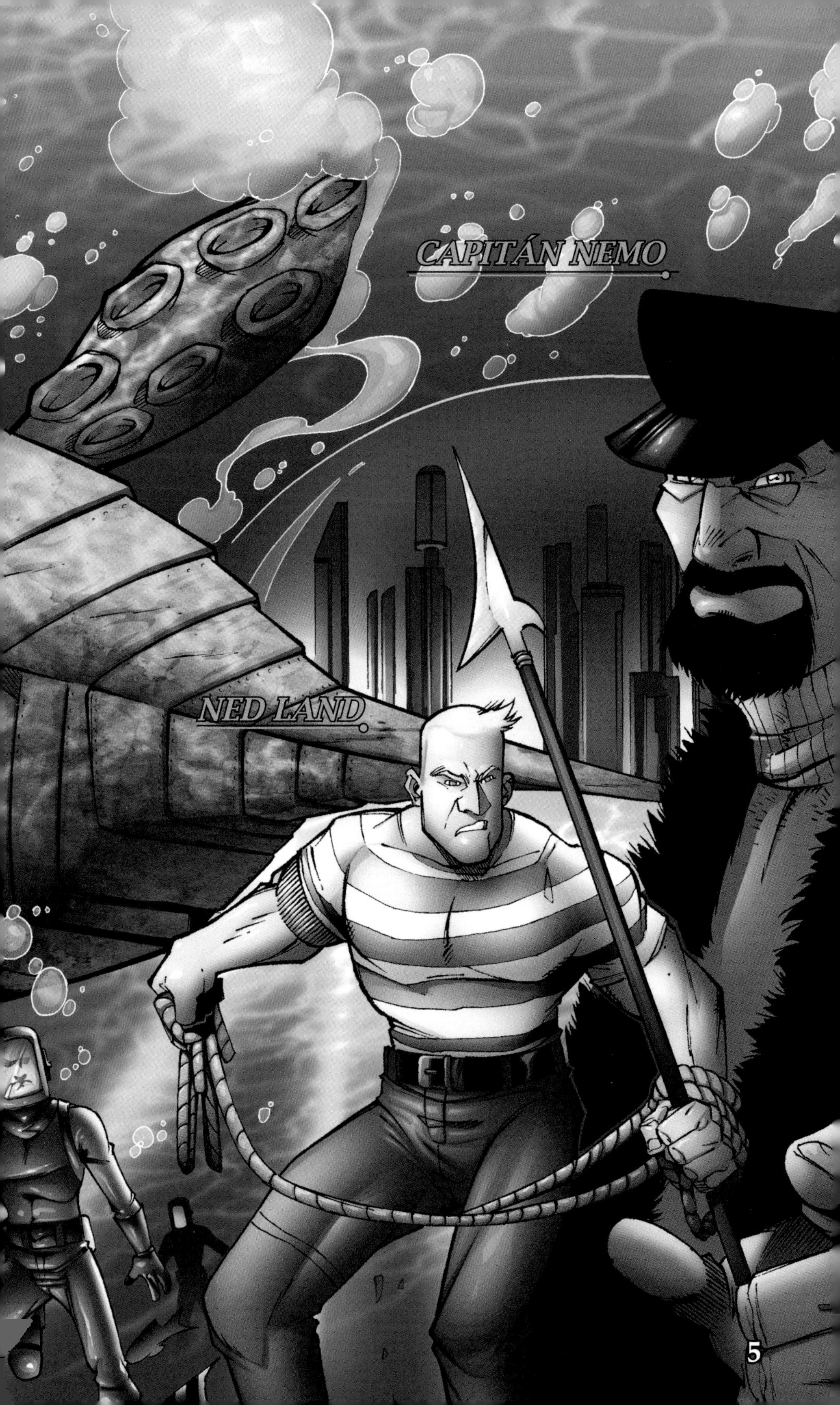
CAPITÁN NEMO
NED LAND

CAPÍTULO 1 : Comienza la cacería

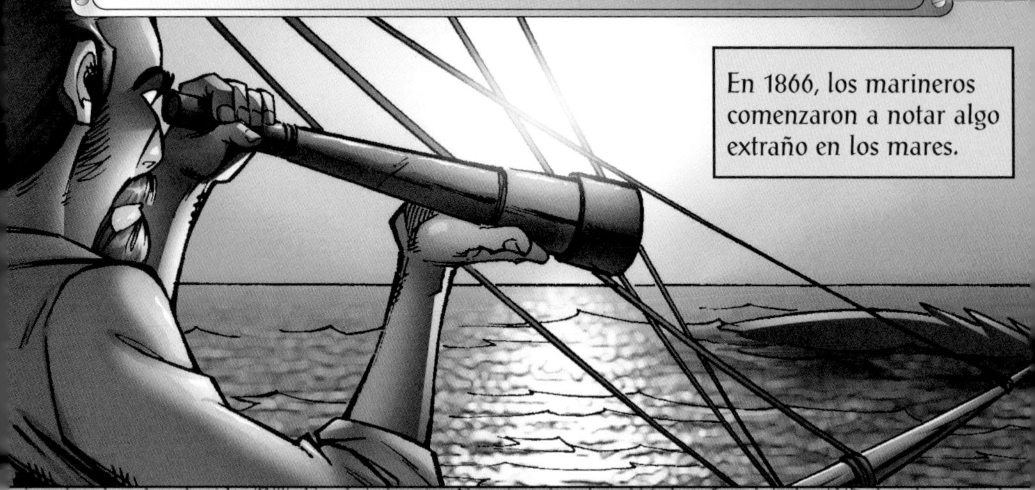
En 1866, los marineros comenzaron a notar algo extraño en los mares.

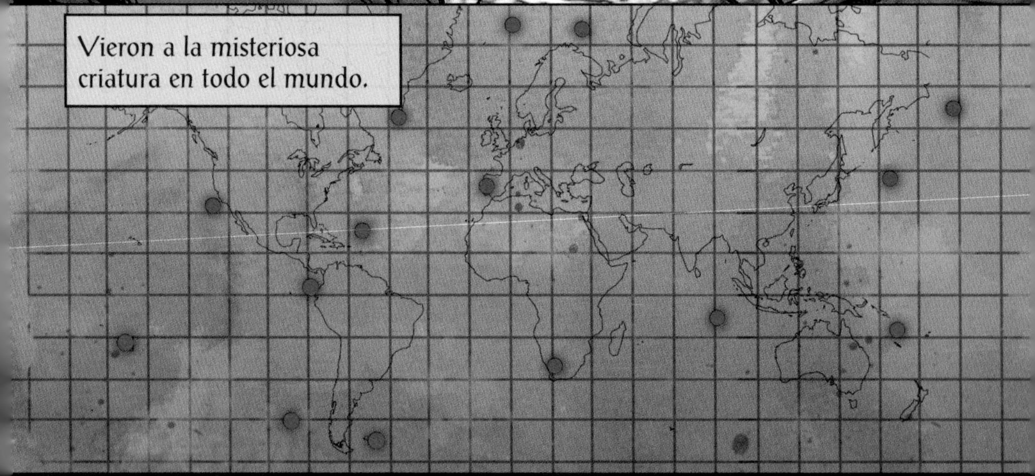
Vieron a la misteriosa criatura en todo el mundo.

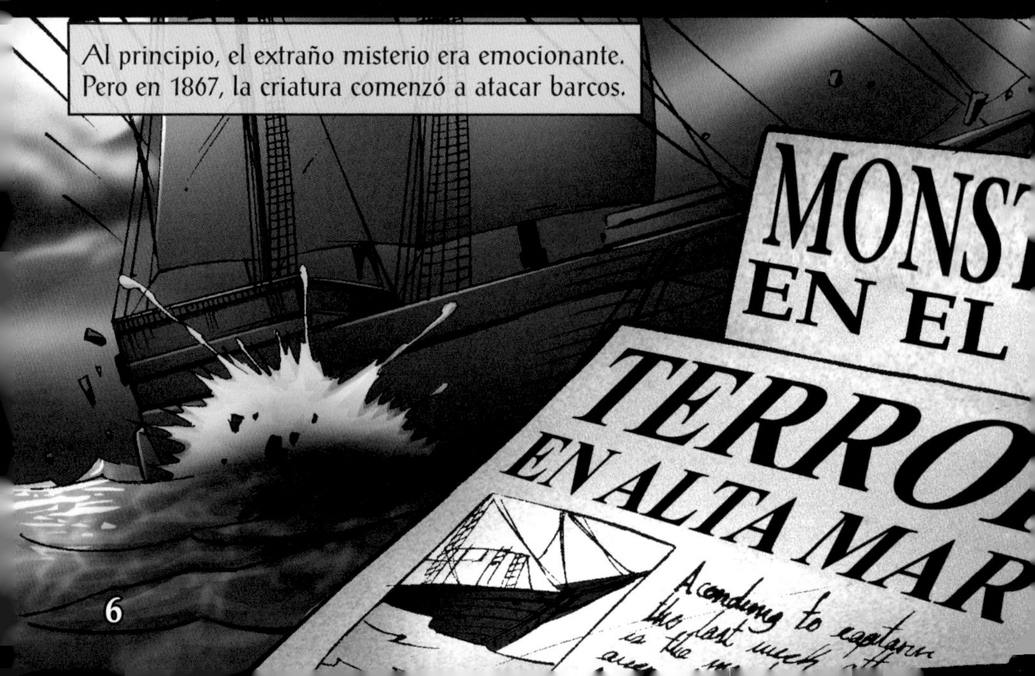
Al principio, el extraño misterio era emocionante. Pero en 1867, la criatura comenzó a atacar barcos.
MONS
EN EL
TERRO
EN ALTA MAR

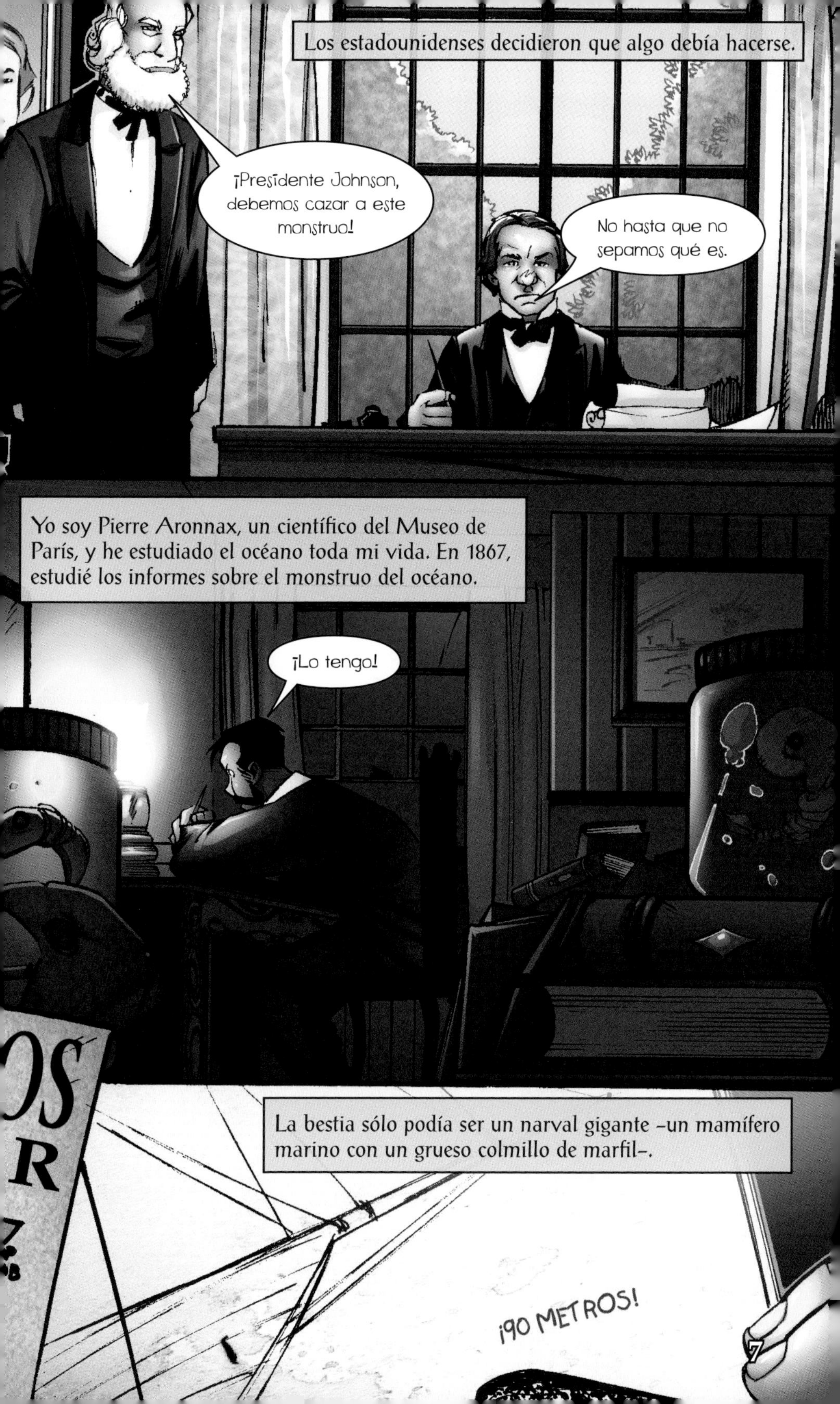
Los estadounidenses decidieron que algo debía hacerse.
¡Presidente Johnson, debemos cazar a este monstruo!
No hasta que no sepamos qué es.
Yo soy Pierre Aronnax, un científico del Museo de París, y he estudiado el océano toda mi vida. En 1867, estudié los informes sobre el monstruo del océano.
¡Lo tengo!
La bestia sólo podía ser un narval gigante –un mamífero marino con un grueso colmillo de marfil–.
¡90 METROS!

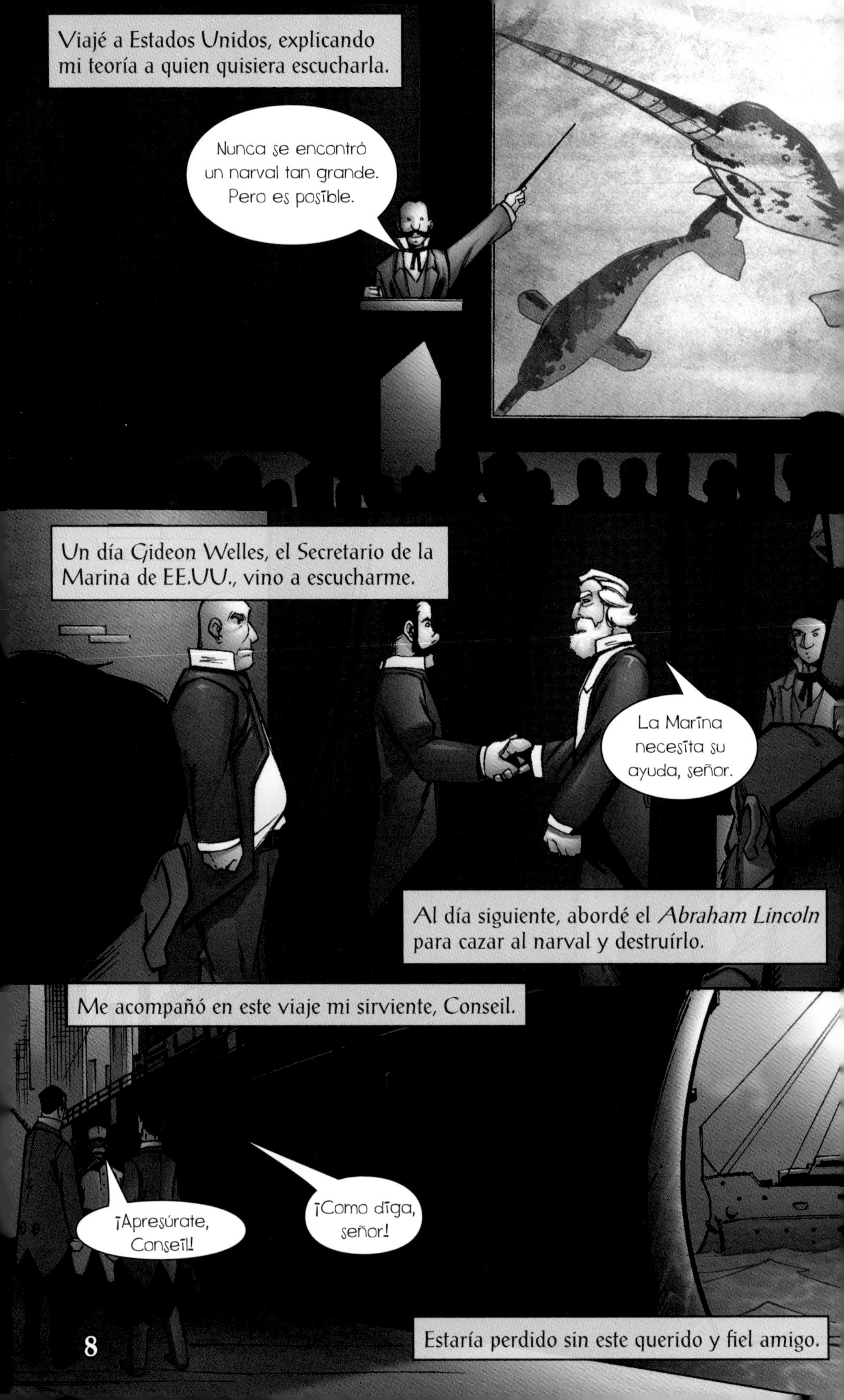
Viajé a Estados Unidos, explicando mi teoría a quien quisiera escucharla.
Nunca se encontró un narval tan grande. Pero es posible.
Un día Gideon Welles, el Secretario de la Marina de EE.UU., vino a escucharme.
La Marina necesita su ayuda, señor.
Al día siguiente, abordé el *Abraham Lincoln* para cazar al narval y destruírlo.
Me acompañó en este viaje mi sirviente, Conseil.
¡Apresúrate, Conseil!
¡Como diga, señor!
Estaría perdido sin este querido y fiel amigo.

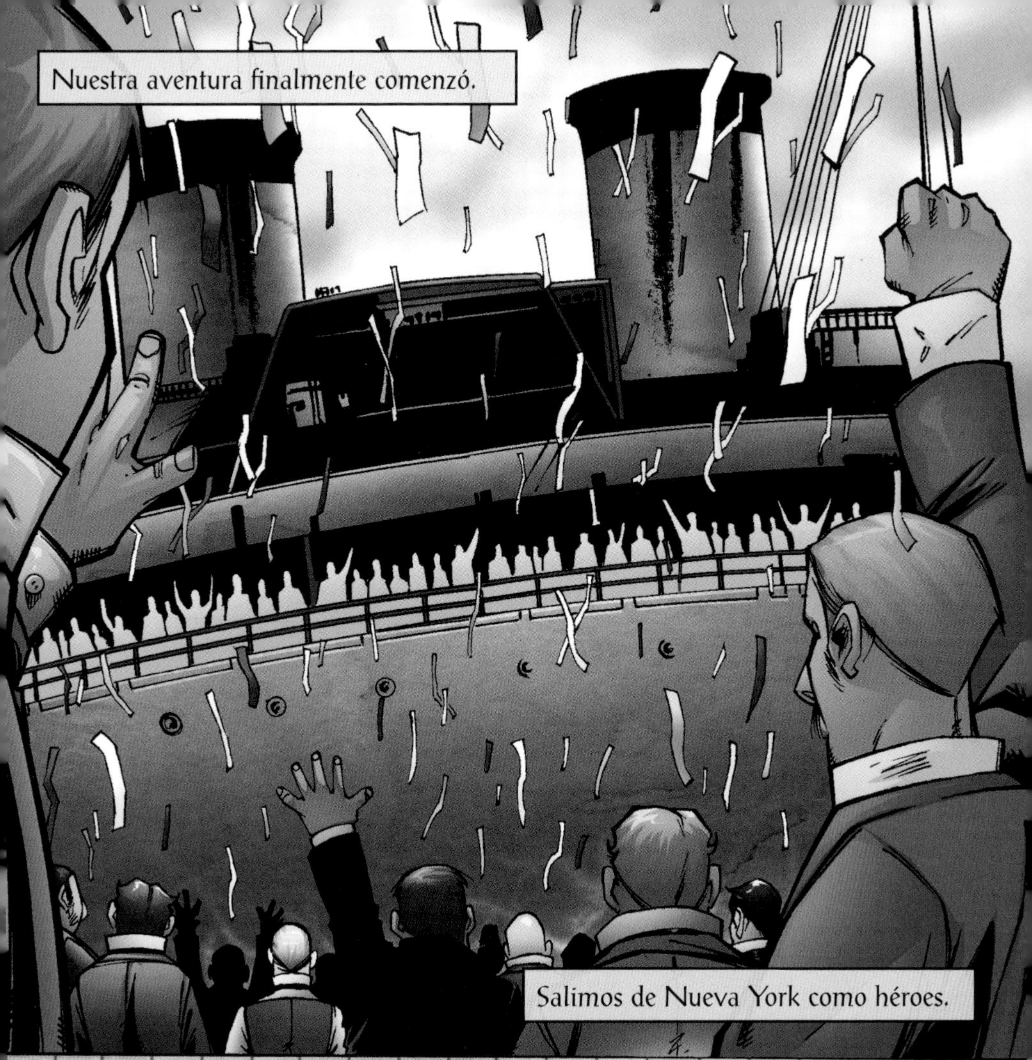
Nuestra aventura finalmente comenzó.
Salimos de Nueva York como héroes.

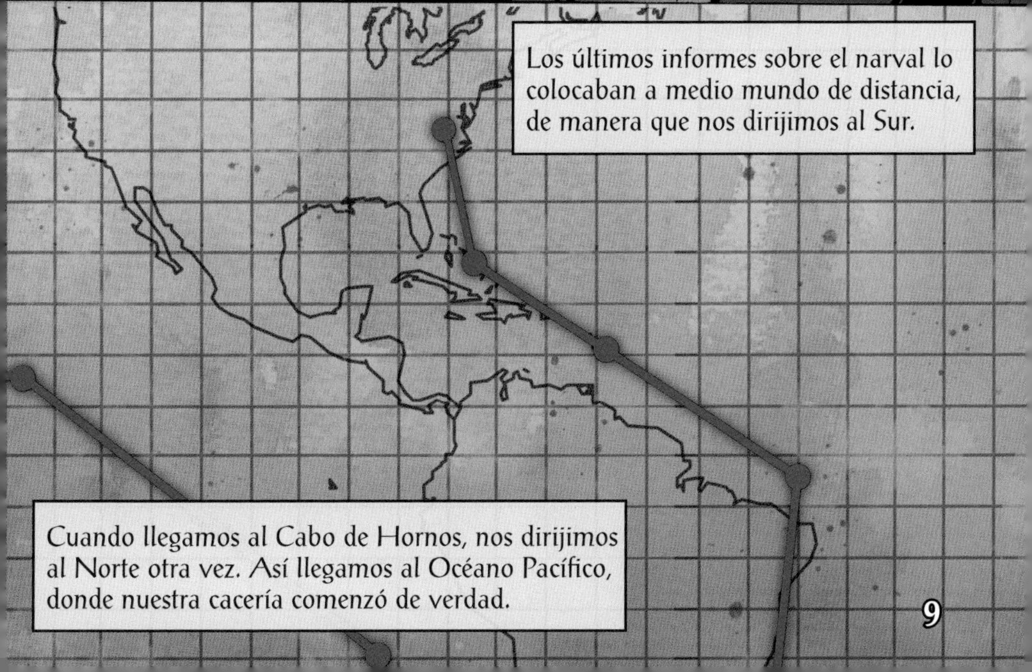
Los últimos informes sobre el narval lo colocaban a medio mundo de distancia, de manera que nos dirijimos al Sur.
Cuando llegamos al Cabo de Hornos, nos dirijimos al Norte otra vez. Así llegamos al Océano Pacífico, donde nuestra cacería comenzó de verdad.

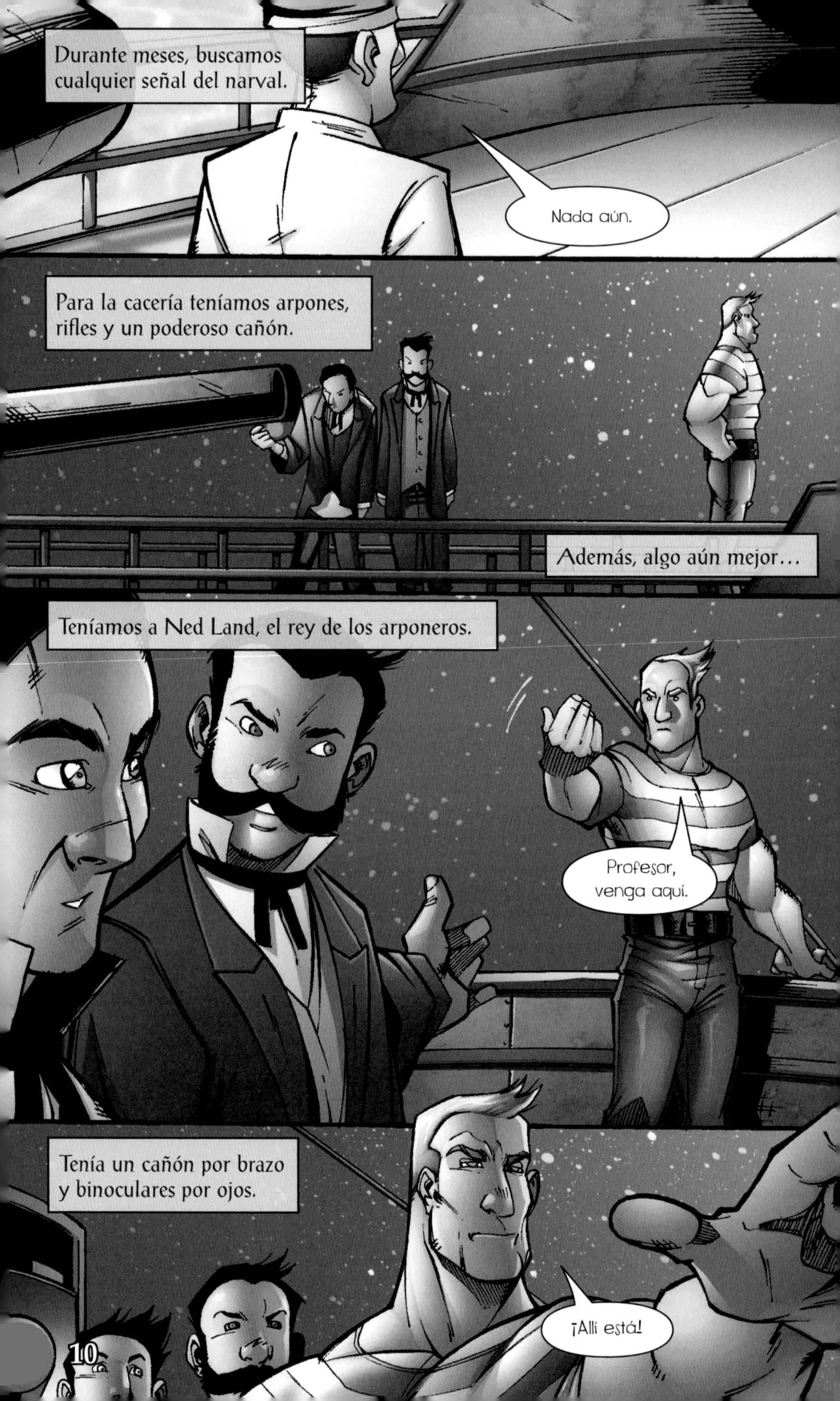
Durante meses, buscamos cualquier señal del narval.
Nada aún.
Para la cacería teníamos arpones, rifles y un poderoso cañón.
Además, algo aún mejor…
Teníamos a Ned Land, el rey de los arponeros.
Profesor, venga aquí.
Tenía un cañón por brazo y binoculares por ojos.
¡Allí está!

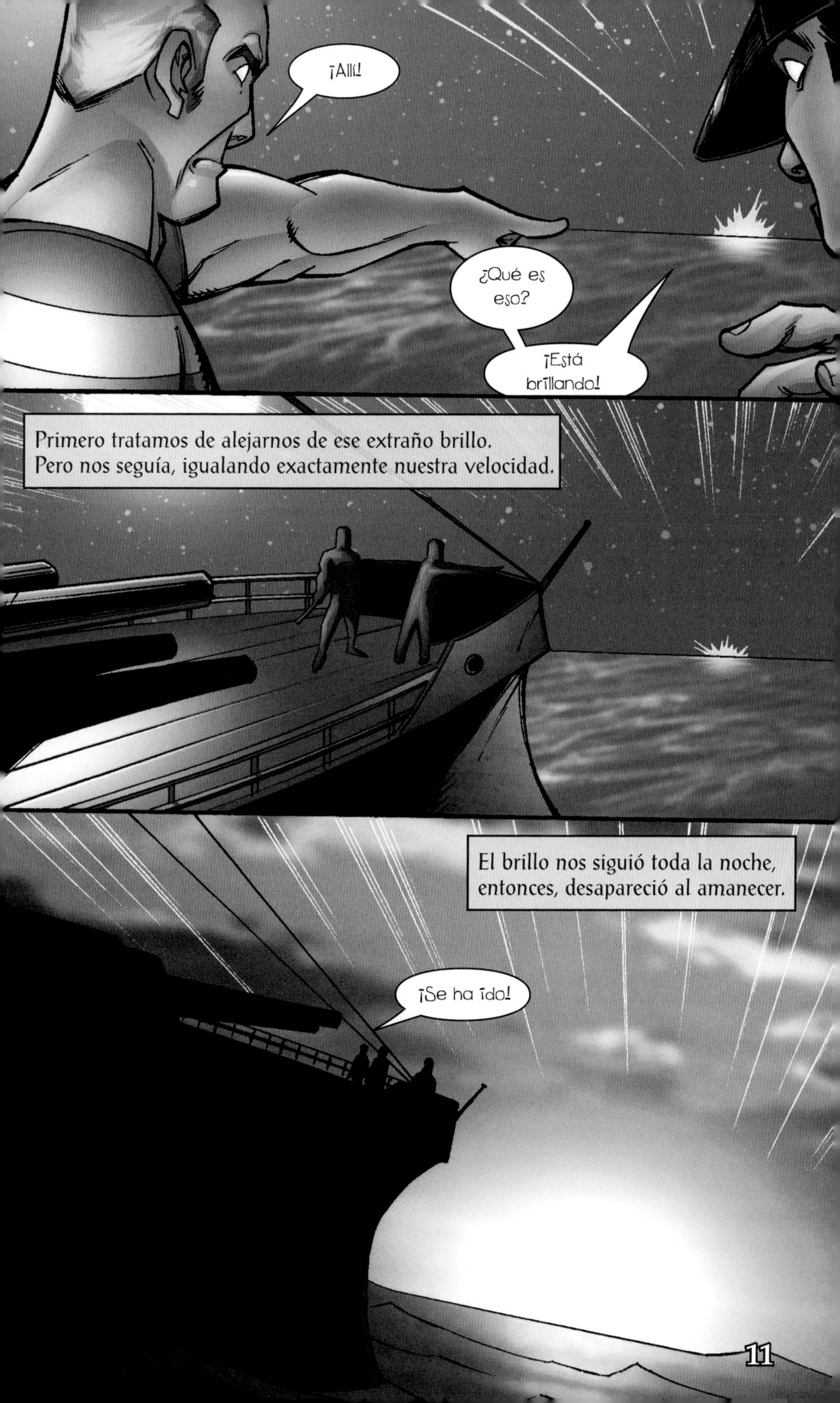
¡Allí!
¿Qué es eso?
¡Está brillando!
Primero tratamos de alejarnos de ese extraño brillo. Pero nos seguía, igualando exactamente nuestra velocidad.
El brillo nos siguió toda la noche, entonces, desapareció al amanecer.
¡Se ha ido!

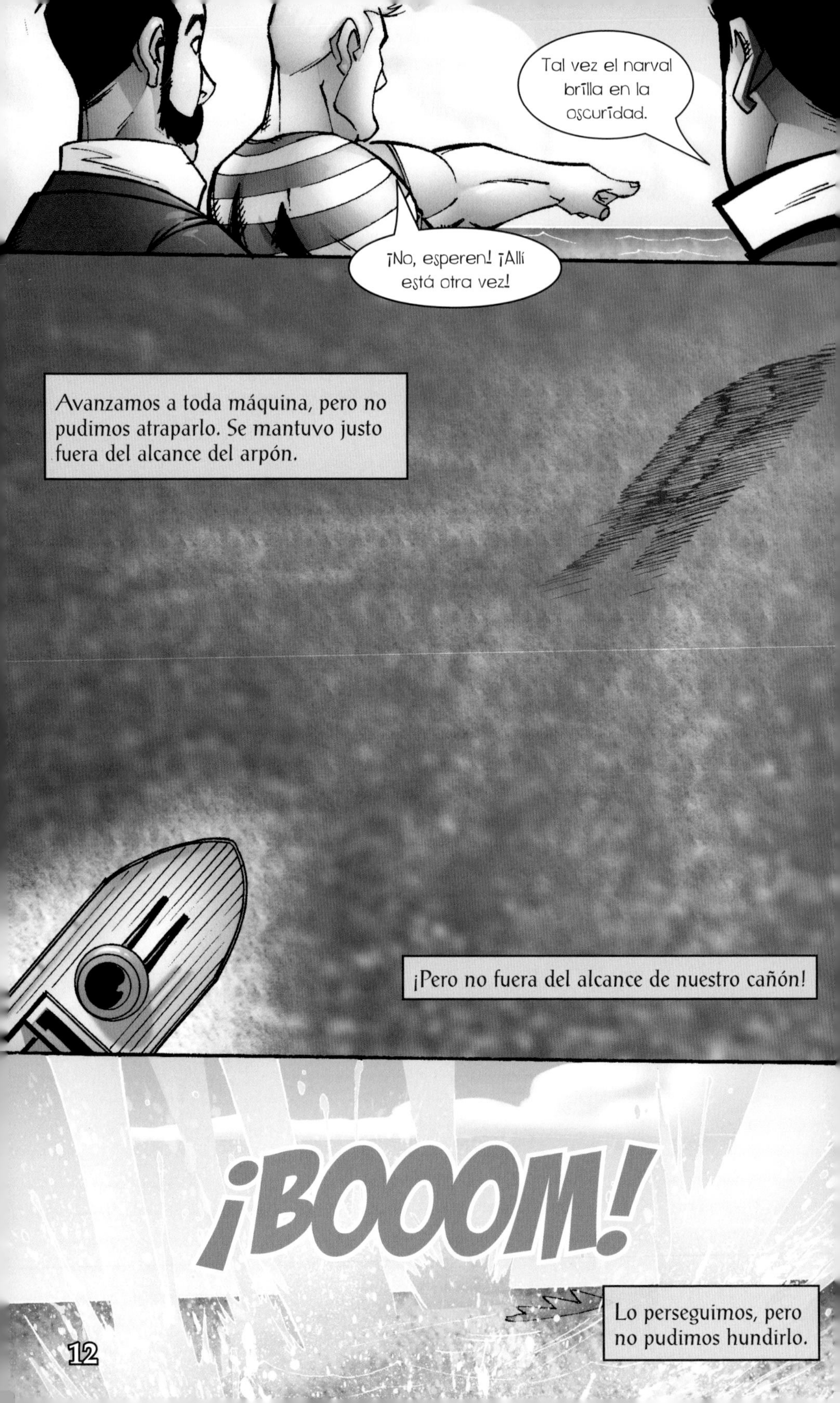
Tal vez el narval brilla en la oscuridad.
¡No, esperen! ¡Allí está otra vez!
Avanzamos a toda máquina, pero no pudimos atraparlo. Se mantuvo justo fuera del alcance del arpón.
¡Pero no fuera del alcance de nuestro cañón!
¡BOOOM!
Lo perseguimos, pero no pudimos hundirlo.

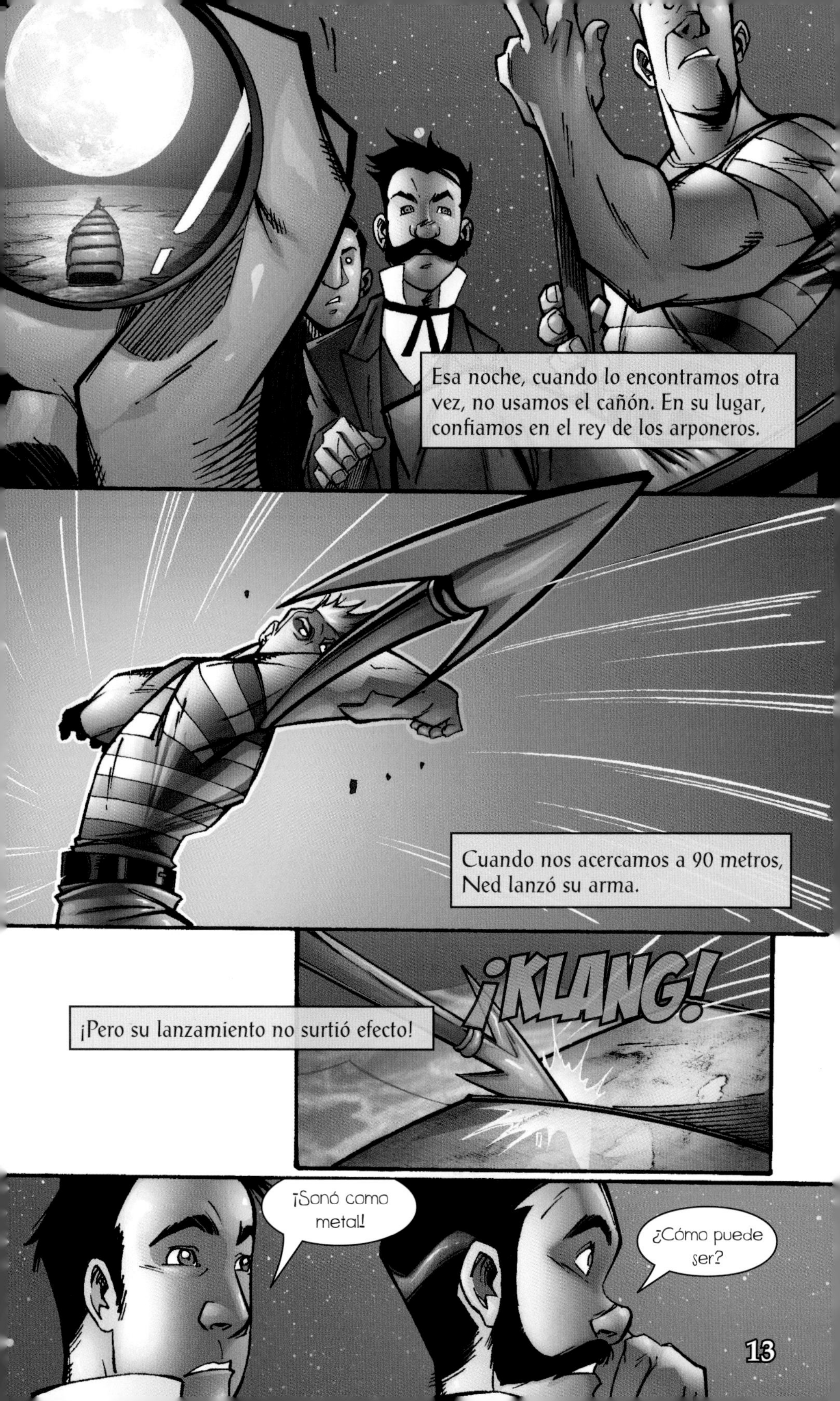
Esa noche, cuando lo encontramos otra vez, no usamos el cañón. En su lugar, confiamos en el rey de los arponeros.
Cuando nos acercamos a 90 metros, Ned lanzó su arma.
¡Pero su lanzamiento no surtió efecto!
¡KLANG!
¡Sonó como metal!
¿Cómo puede ser?

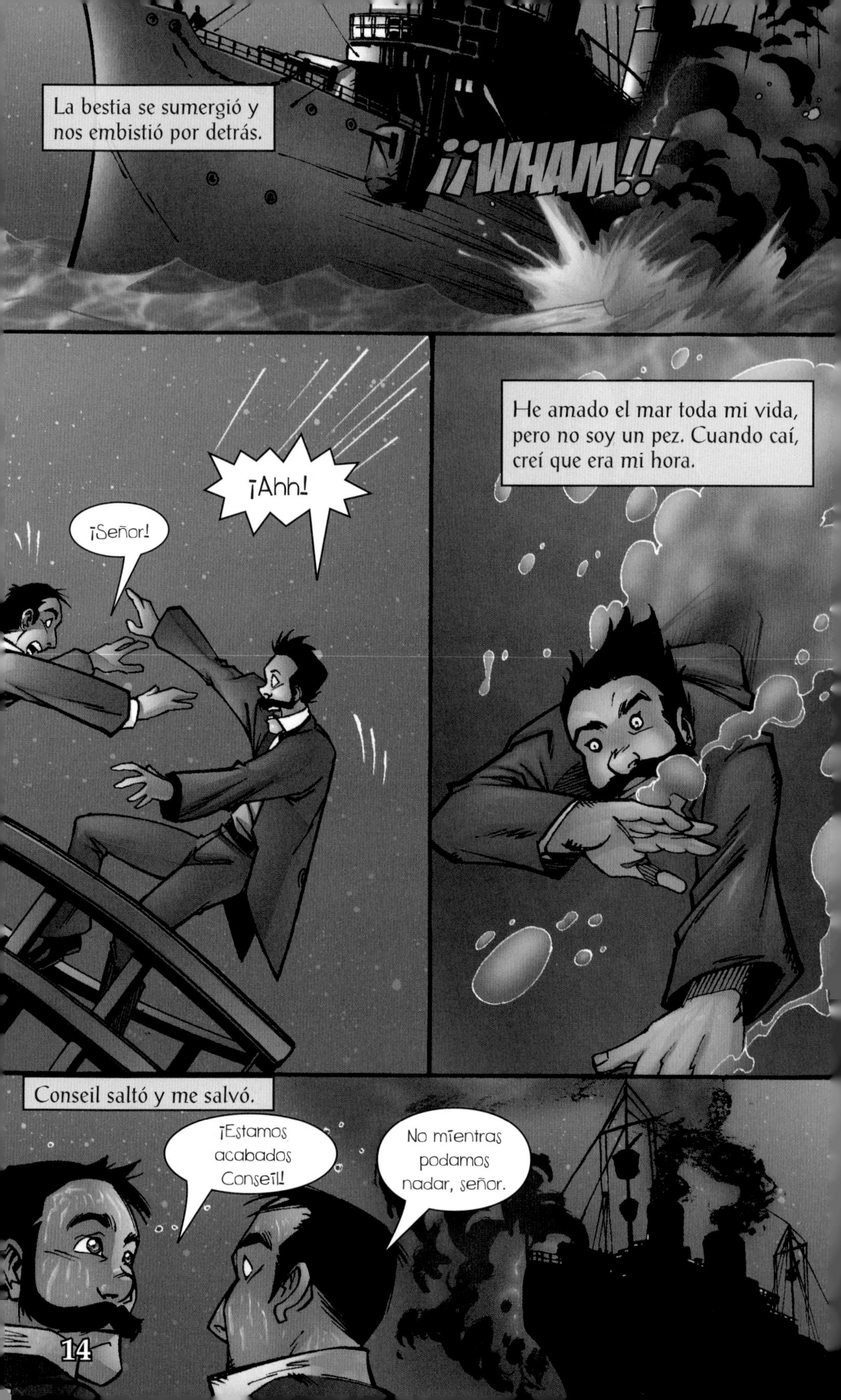
La bestia se sumergió y nos embistió por detrás.
¡¡WHAM!!
¡Ahh!
¡Señor!
He amado el mar toda mi vida, pero no soy un pez. Cuando caí, creí que era mi hora.
Conseil saltó y me salvó.
¡Estamos acabados Conseil!
No mientras podamos nadar, señor.

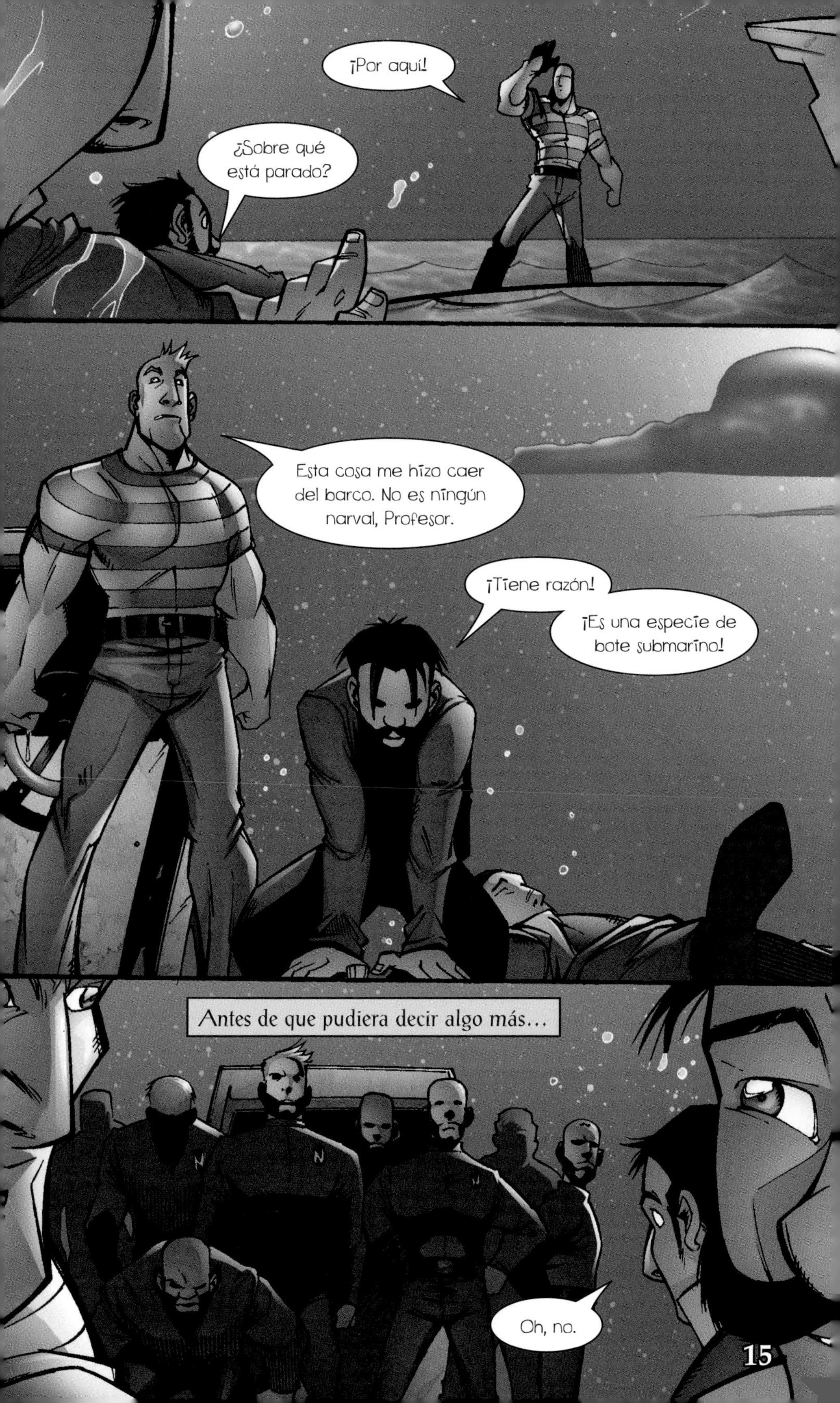
¡Por aquí!
¿Sobre qué está parado?
Esta cosa me hizo caer del barco. No es ningún narval, Profesor.
¡Tiene razón!
¡Es una especie de bote submarino!
Antes de que pudiera decir algo más...
Oh, no.

CAPÍTULO 2 : Dentro del *Nautilus*

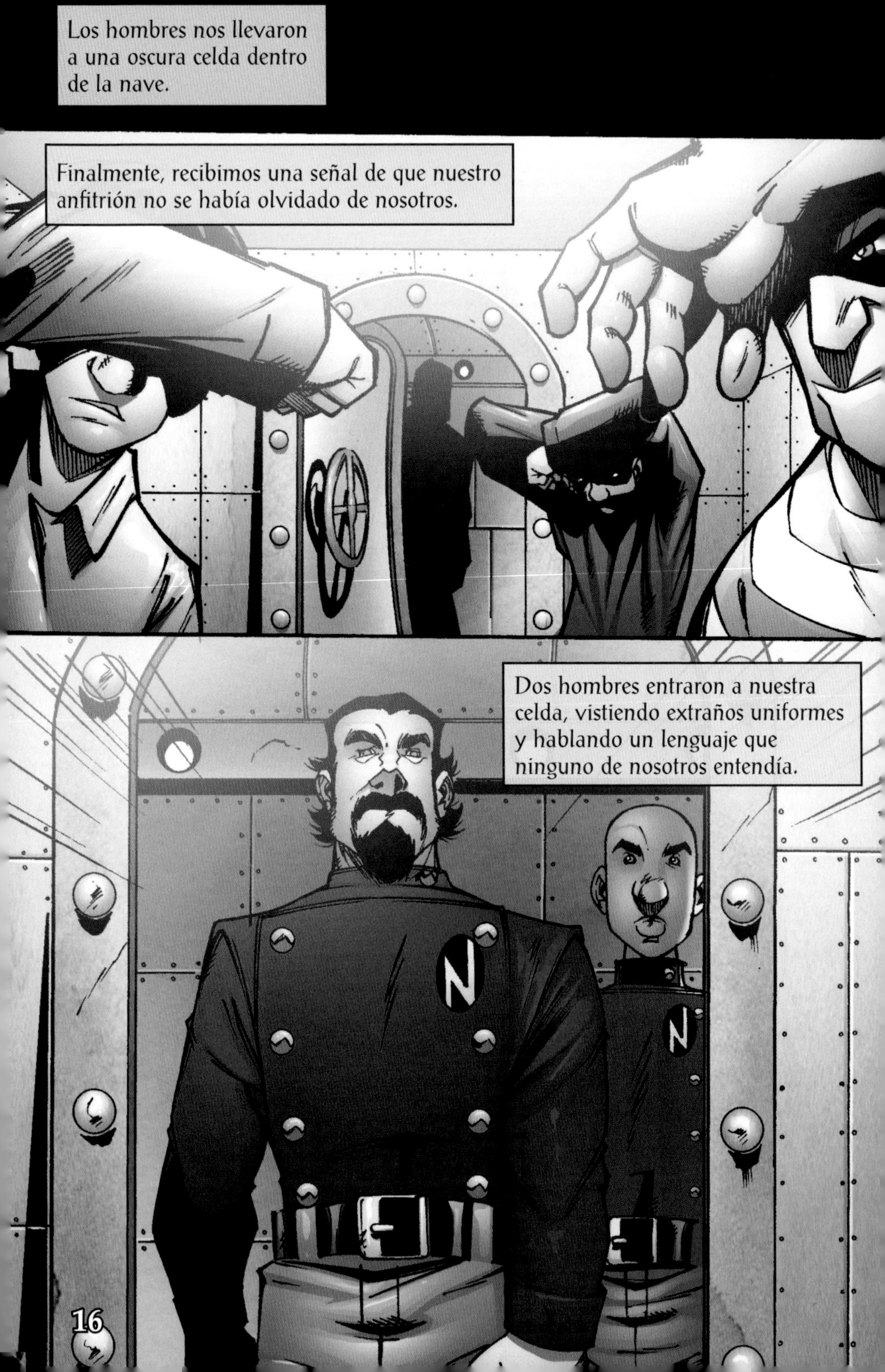
Los hombres nos llevaron a una oscura celda dentro de la nave.
Finalmente, recibimos una señal de que nuestro anfitrión no se había olvidado de nosotros.
Dos hombres entraron a nuestra celda, vistiendo extraños uniformes y hablando un lenguaje que ninguno de nosotros entendía.

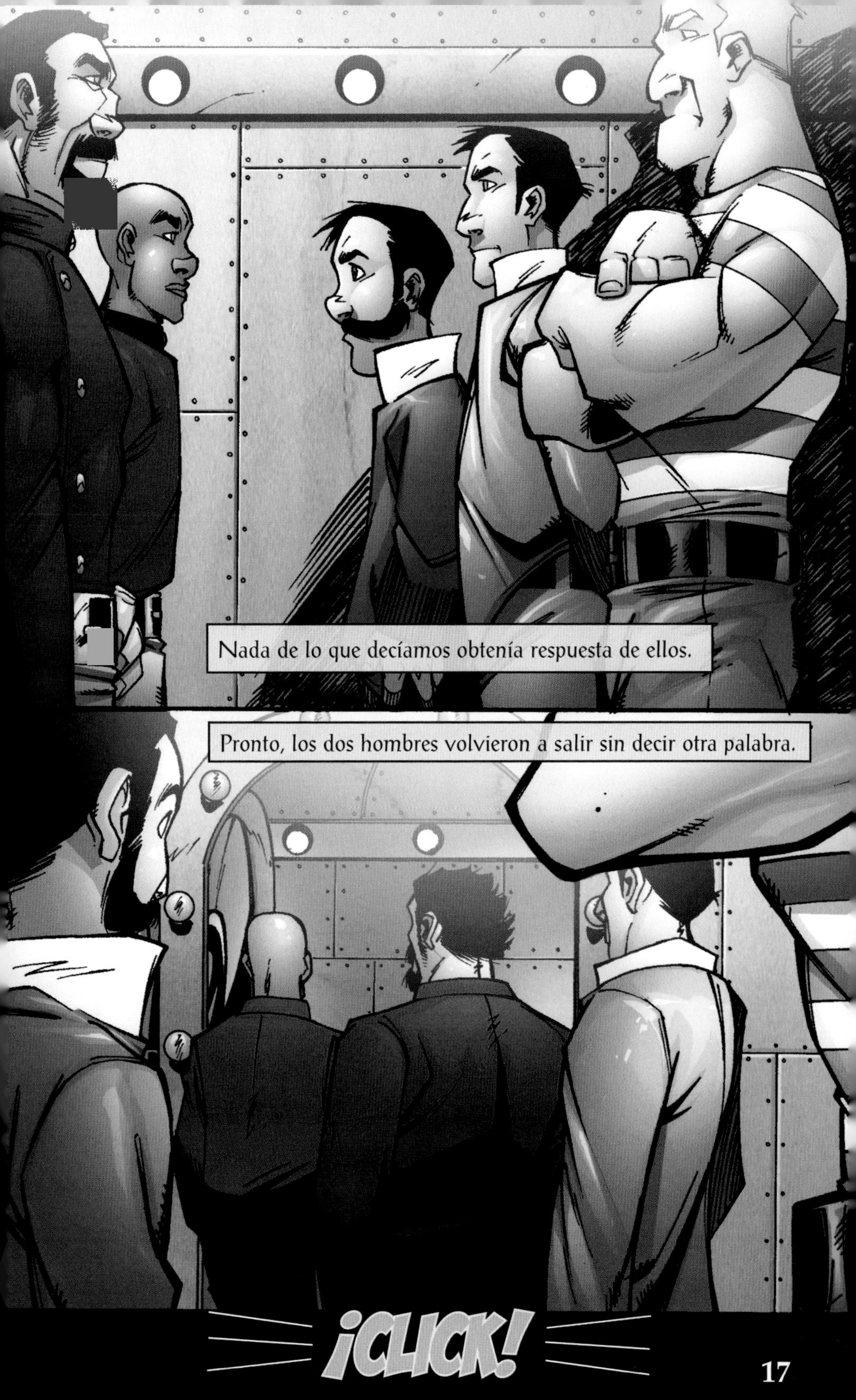
Nada de lo que decíamos obtenía respuesta de ellos.
Pronto, los dos hombres volvieron a salir sin decir otra palabra.
¡CLICK!

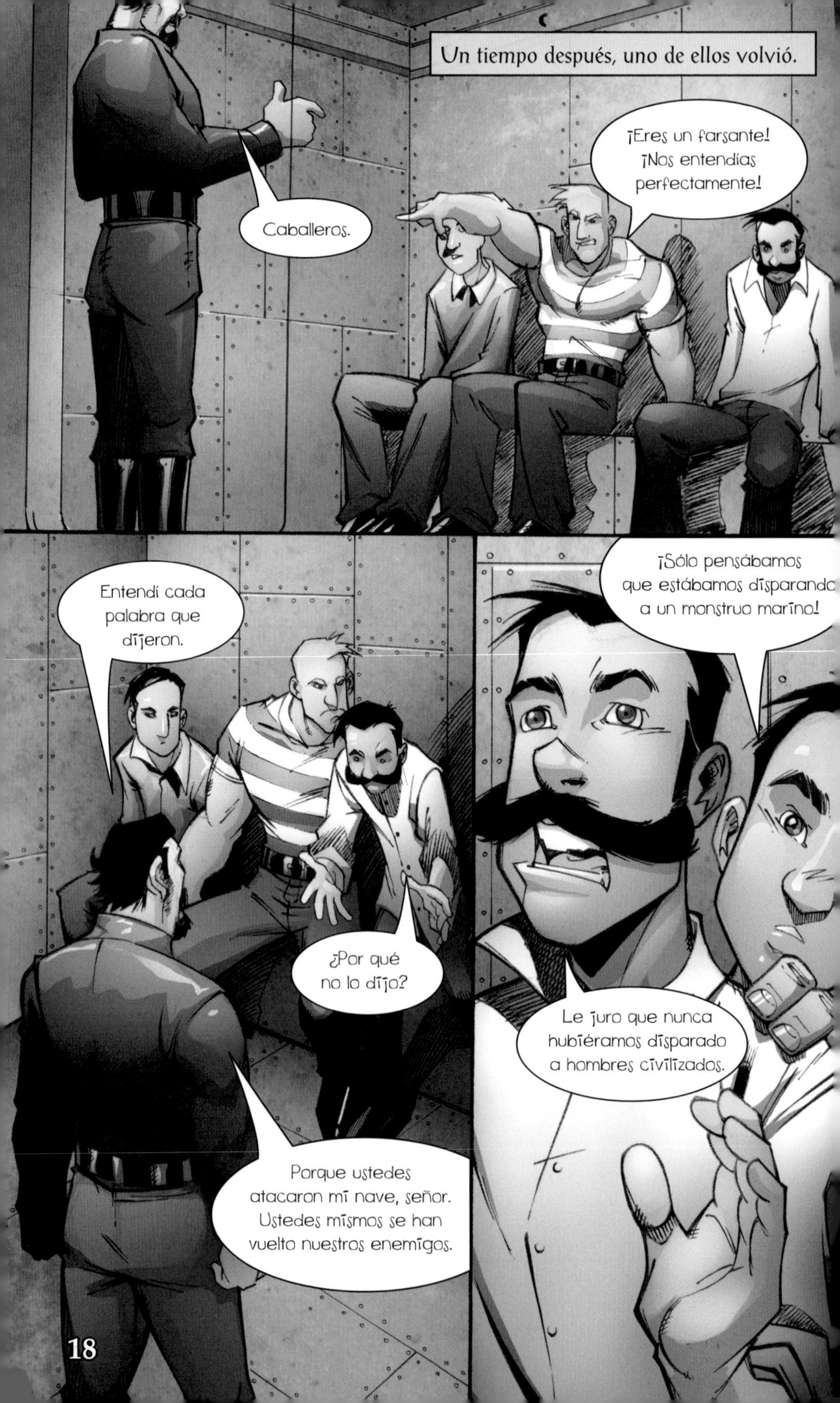
Un tiempo después, uno de ellos volvió.
Caballeros.
¡Eres un farsante! ¡Nos entendías perfectamente!
Entendí cada palabra que dijeron.
¿Por qué no lo dijo?
Porque ustedes atacaron mi nave, señor. Ustedes mismos se han vuelto nuestros enemigos.
¡Sólo pensábamos que estábamos disparando a un monstruo marino!
Le juro que nunca hubiéramos disparado a hombres civilizados.

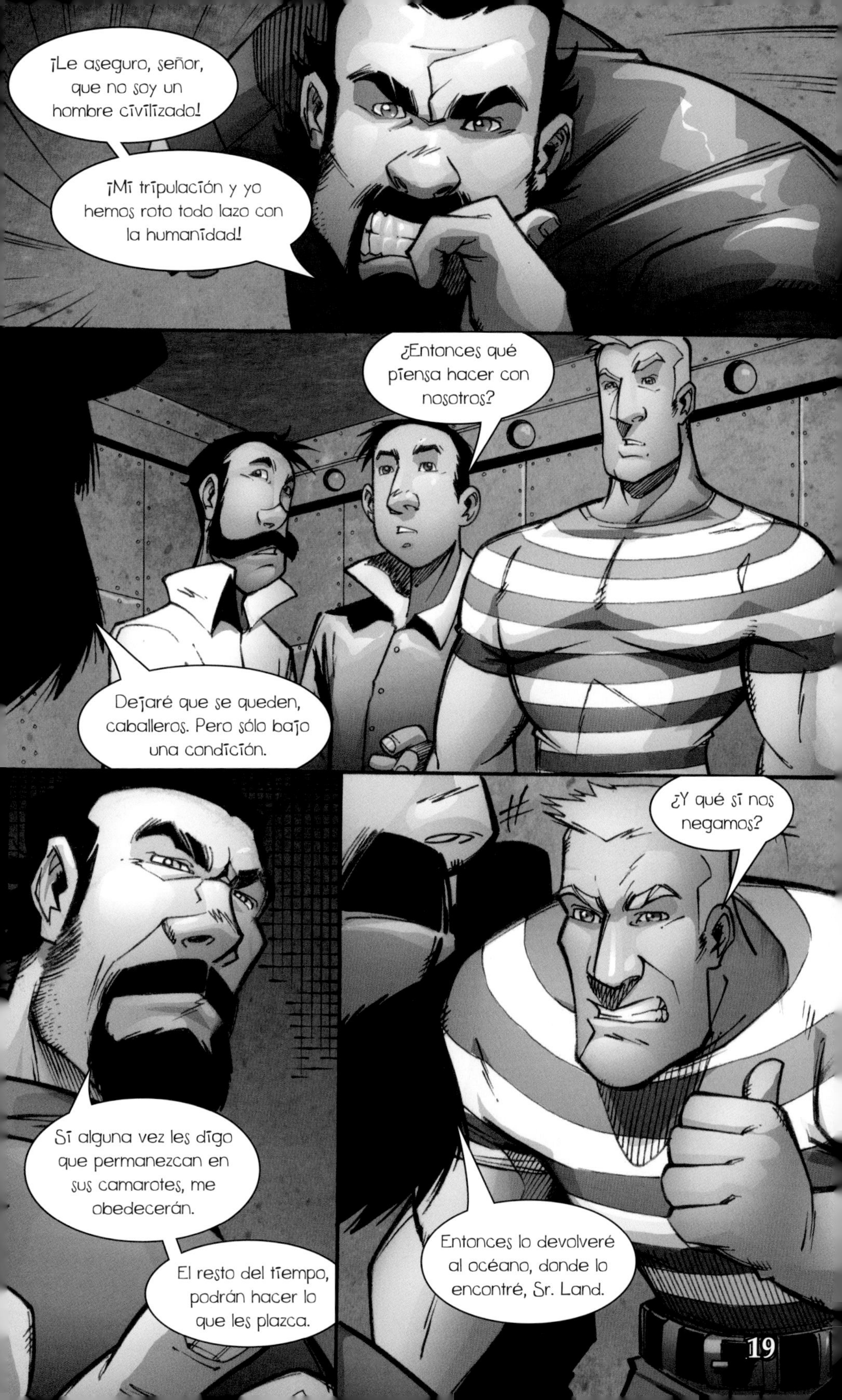
¡Le aseguro, señor, que no soy un hombre civilizado!
¡Mi tripulación y yo hemos roto todo lazo con la humanidad!
¿Entonces qué piensa hacer con nosotros?
Dejaré que se queden, caballeros. Pero sólo bajo una condición.
Si alguna vez les digo que permanezcan en sus camarotes, me obedecerán.
El resto del tiempo, podrán hacer lo que les plazca.
¿Y qué si nos negamos?
Entonces lo devolveré al océano, donde lo encontré, Sr. Land.

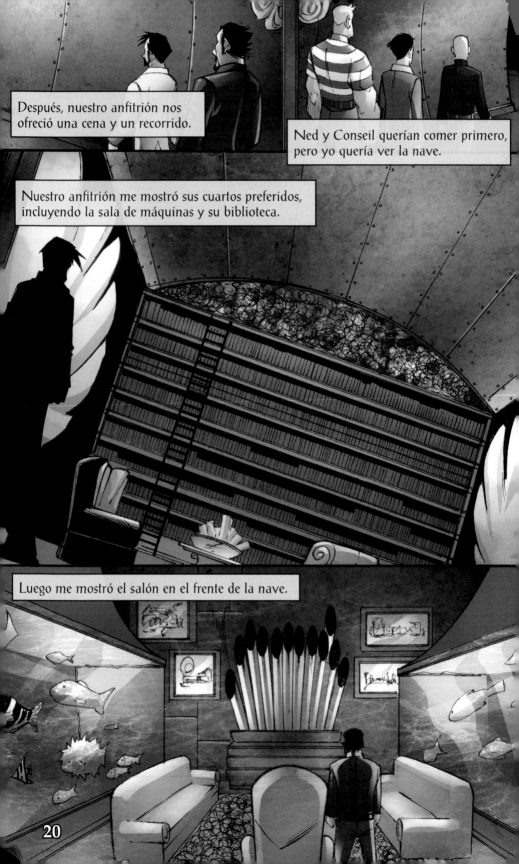

Después, nuestro anfitrión nos ofreció una cena y un recorrido.

Ned y Conseil querían comer primero, pero yo quería ver la nave.

Nuestro anfitrión me mostró sus cuartos preferidos, incluyendo la sala de máquinas y su biblioteca.

Luego me mostró el salón en el frente de la nave.

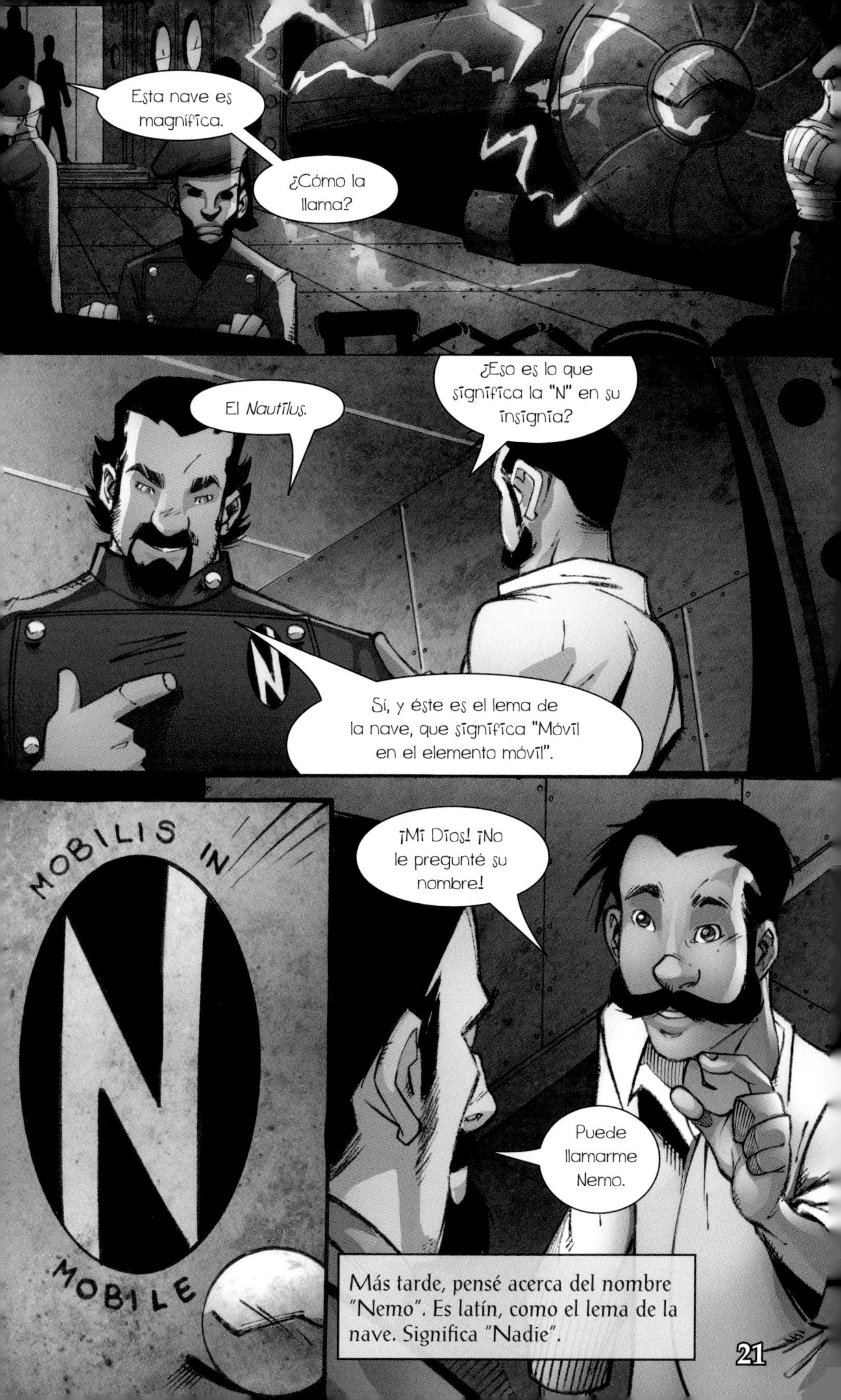

Esta nave es magnífica.
¿Cómo la llama?
El *Nautilus*.
¿Eso es lo que significa la "N" en su insignia?
Sí, y éste es el lema de la nave, que significa "Móvil en el elemento móvil".
MOBILIS IN MOBILE
¡Mi Dios! ¡No le pregunté su nombre!
Puede llamarme Nemo.
Más tarde, pensé acerca del nombre "Nemo". Es latín, como el lema de la nave. Significa "Nadie".

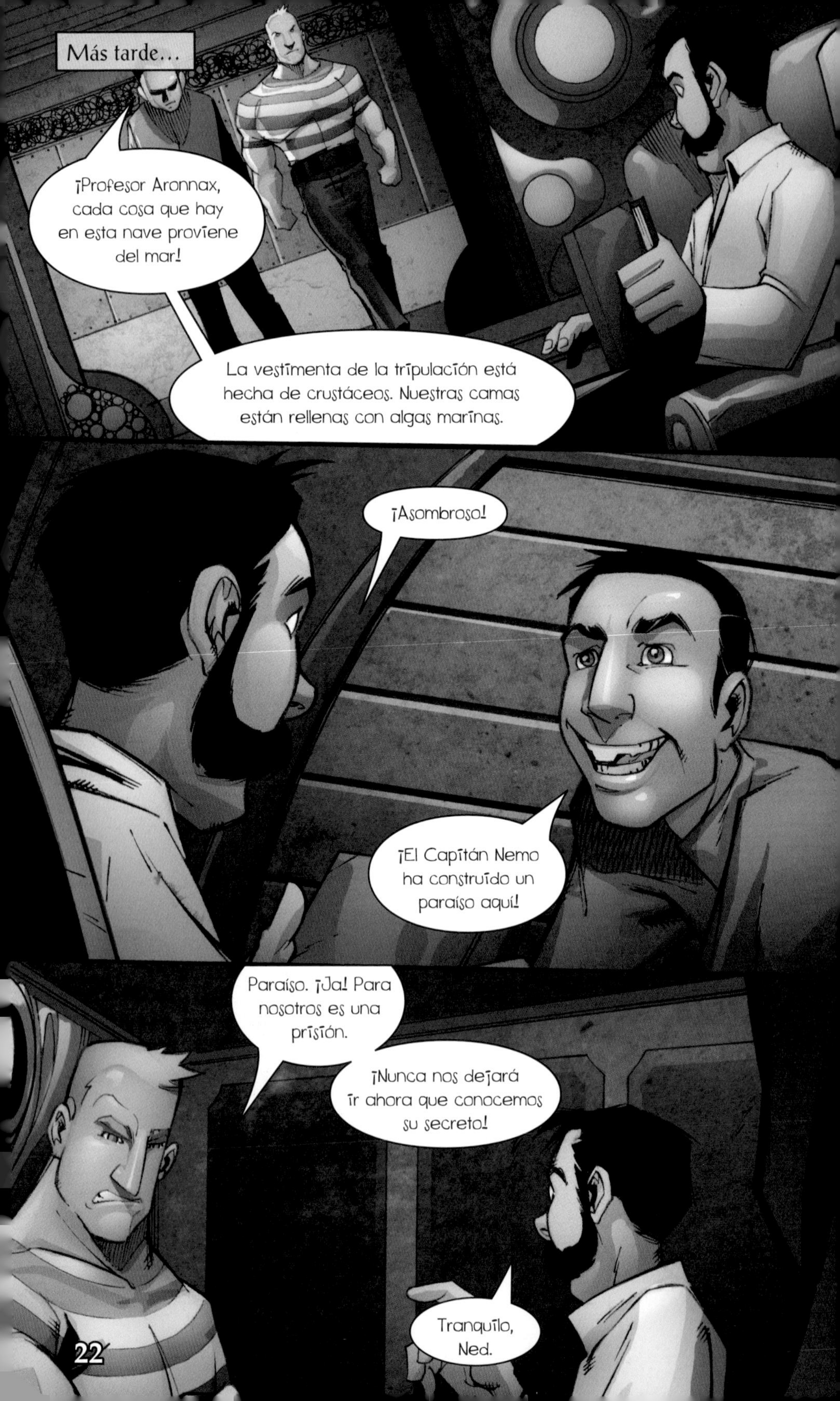
Más tarde...
¡Profesor Aronnax, cada cosa que hay en esta nave proviene del mar!
La vestimenta de la tripulación está hecha de crustáceos. Nuestras camas están rellenas con algas marinas.
¡Asombroso!
¡El Capitán Nemo ha construido un paraíso aquí!
Paraíso. ¡Ja! Para nosotros es una prisión.
¡Nunca nos dejará ir ahora que conocemos su secreto!
Tranquilo, Ned.

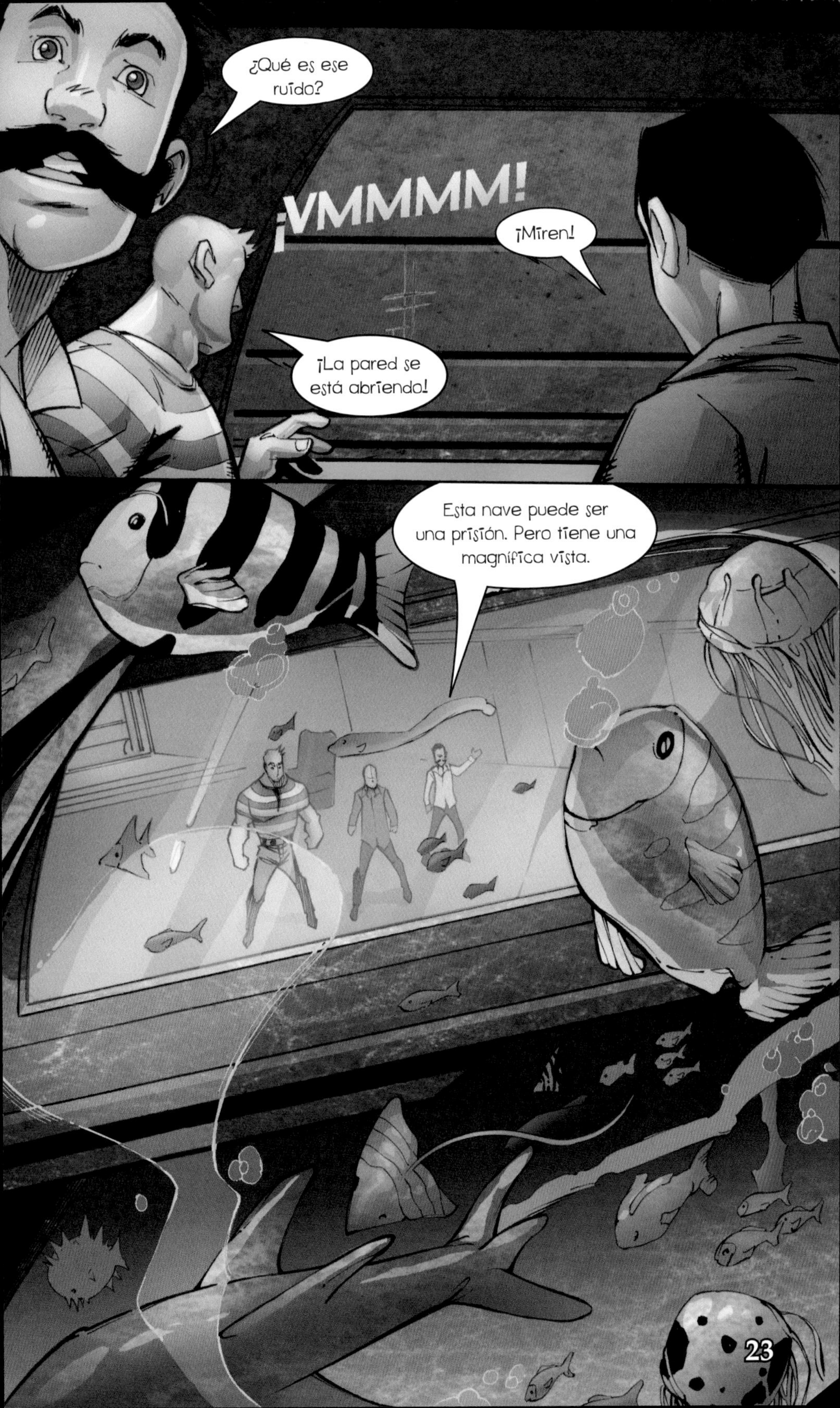
¿Qué es ese ruido?
¡VMMMM!
¡Miren!
¡La pared se está abriendo!
Esta nave puede ser una prisión. Pero tiene una magnífica vista.

CAPÍTULO 3: Muerte en el mar

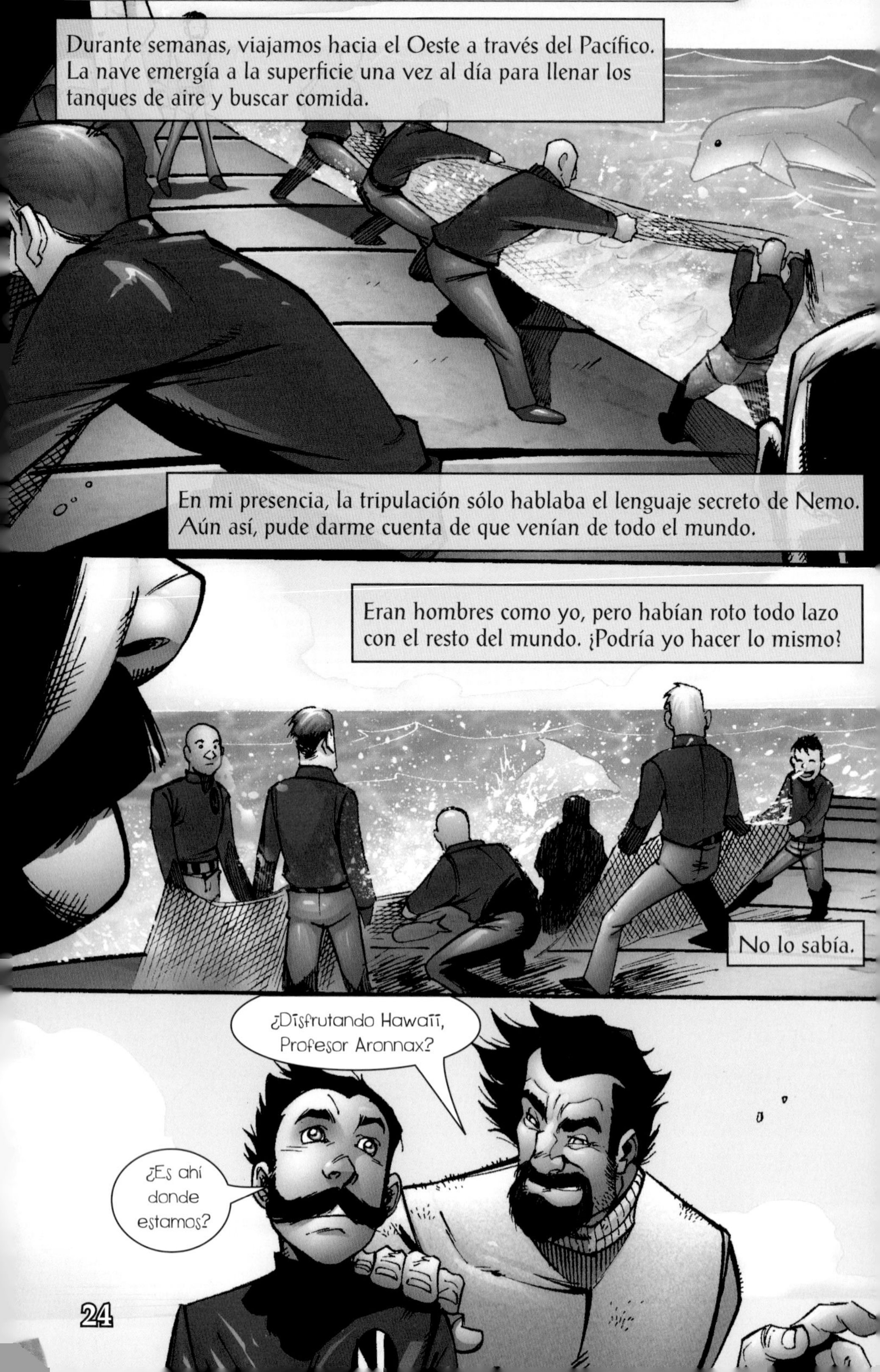

Durante semanas, viajamos hacia el Oeste a través del Pacífico. La nave emergía a la superficie una vez al día para llenar los tanques de aire y buscar comida.
En mi presencia, la tripulación sólo hablaba el lenguaje secreto de Nemo. Aún así, pude darme cuenta de que venían de todo el mundo.
Eran hombres como yo, pero habían roto todo lazo con el resto del mundo. ¿Podría yo hacer lo mismo?
No lo sabía.
¿Disfrutando Hawaii, Profesor Aronnax?
¿Es ahí donde estamos?

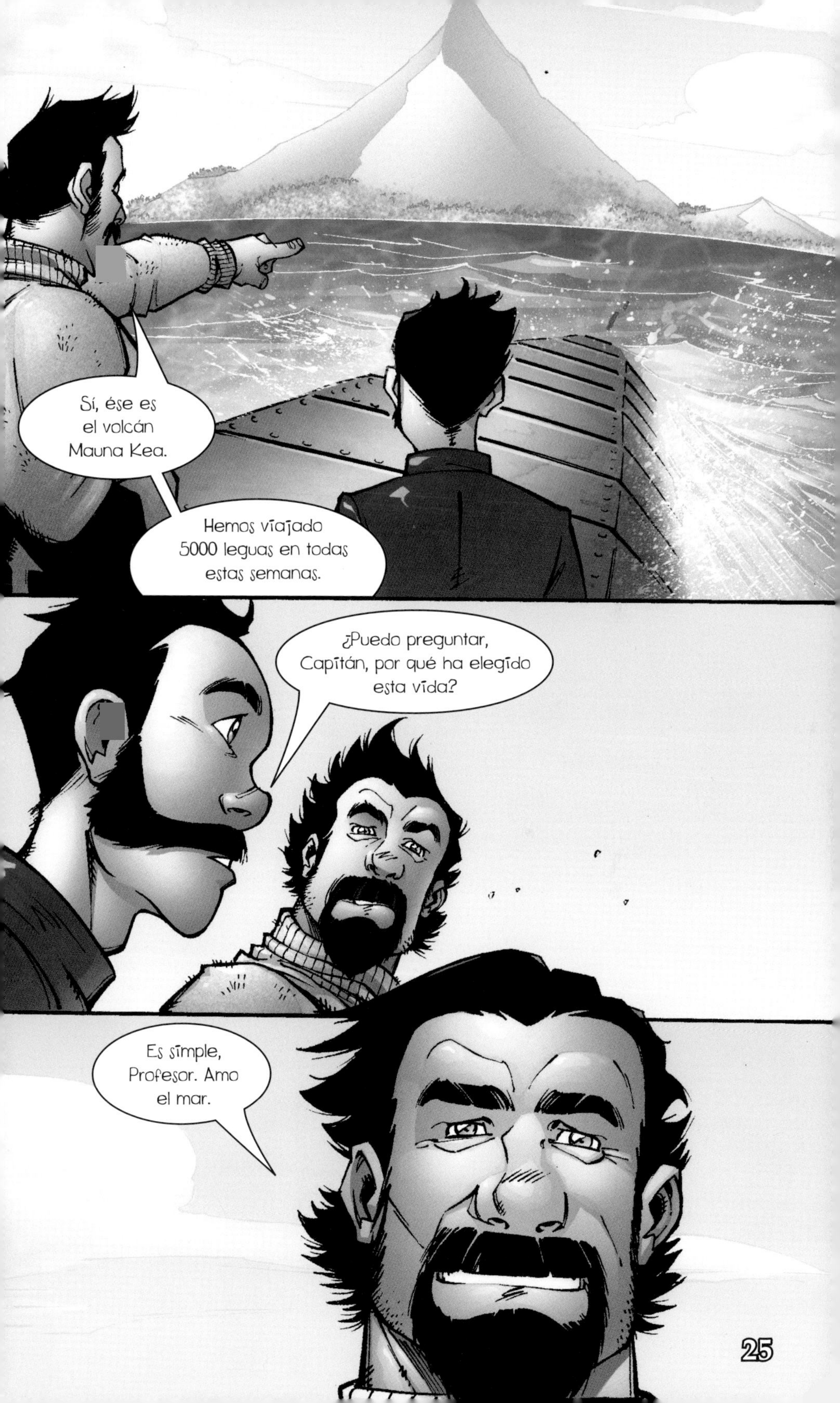
Sí, ése es el volcán Mauna Kea.
Hemos viajado 5000 leguas en todas estas semanas.
¿Puedo preguntar, Capitán, por qué ha elegido esta vida?
Es simple, Profesor. Amo el mar.

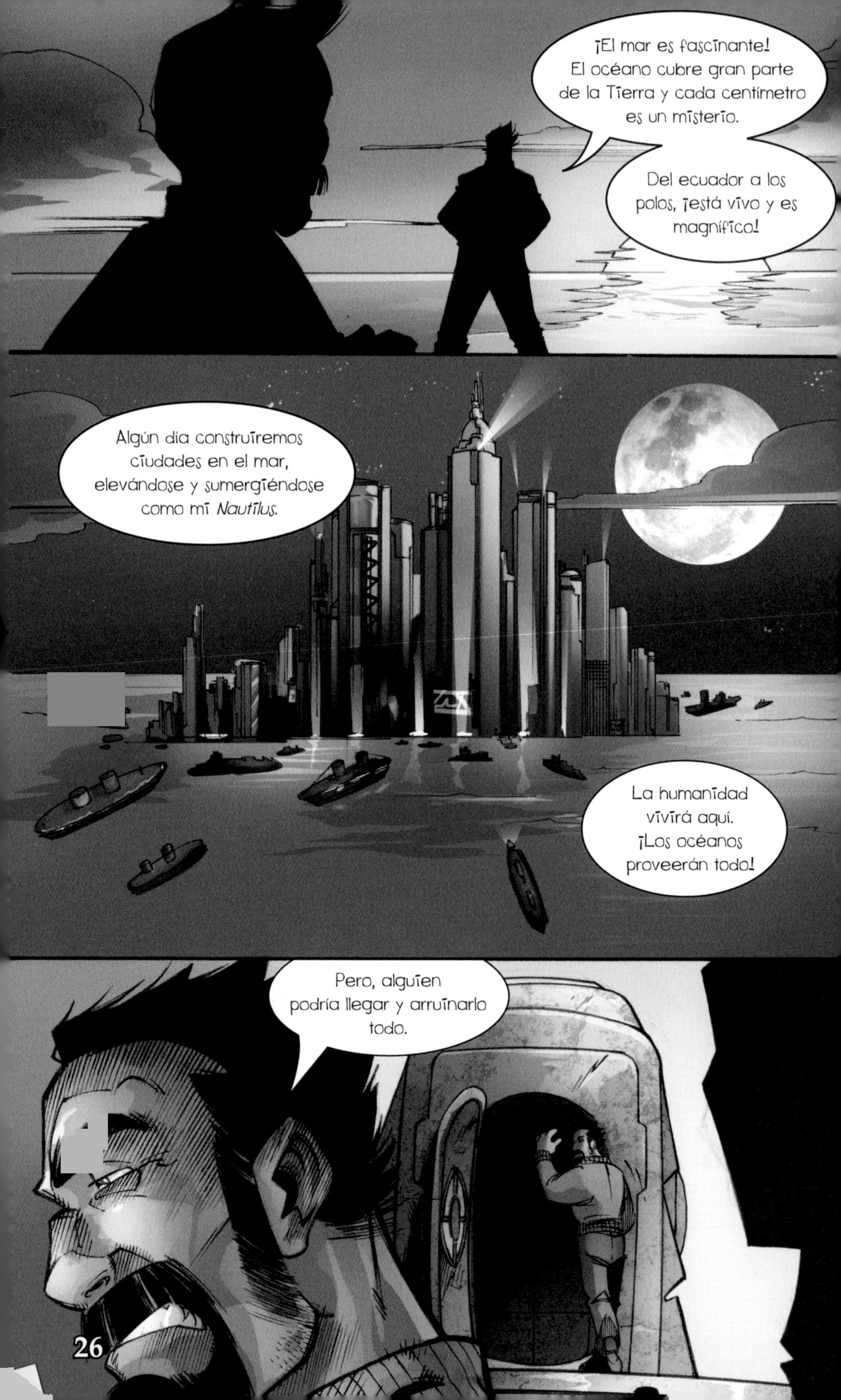
¡El mar es fascinante! El océano cubre gran parte de la Tierra y cada centímetro es un misterio.
Del ecuador a los polos, ¡está vivo y es magnífico!
Algún día construiremos ciudades en el mar, elevándose y sumergiéndose como mi *Nautilus*.
La humanidad vivirá aquí. ¡Los océanos proveerán todo!
Pero, alguien podría llegar y arruinarlo todo.

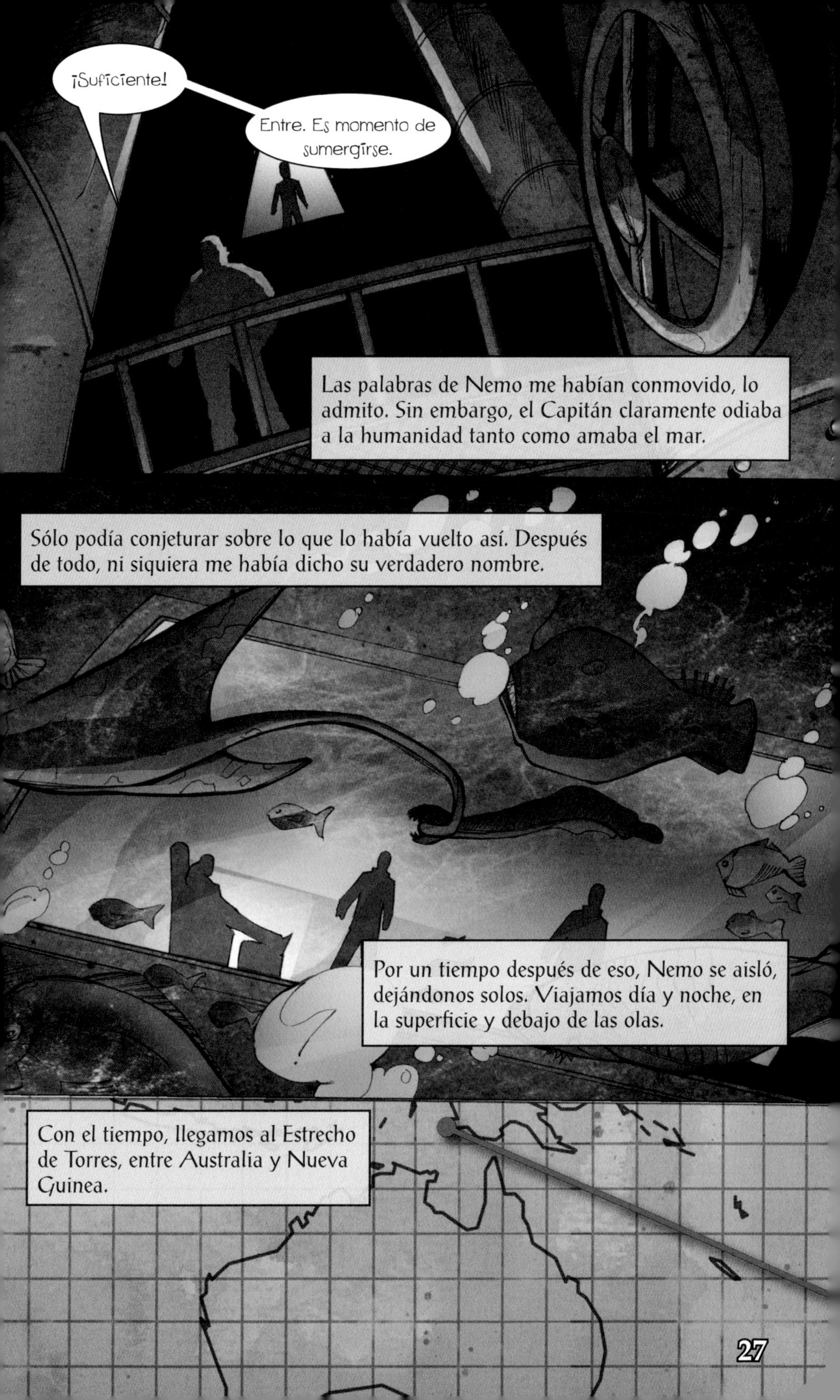
¡Suficiente!
Entre. Es momento de sumergirse.
Las palabras de Nemo me habían conmovido, lo admito. Sin embargo, el Capitán claramente odiaba a la humanidad tanto como amaba el mar.
Sólo podía conjeturar sobre lo que lo había vuelto así. Después de todo, ni siquiera me había dicho su verdadero nombre.
Por un tiempo después de eso, Nemo se aisló, dejándonos solos. Viajamos día y noche, en la superficie y debajo de las olas.
Con el tiempo, llegamos al Estrecho de Torres, entre Australia y Nueva Guinea.

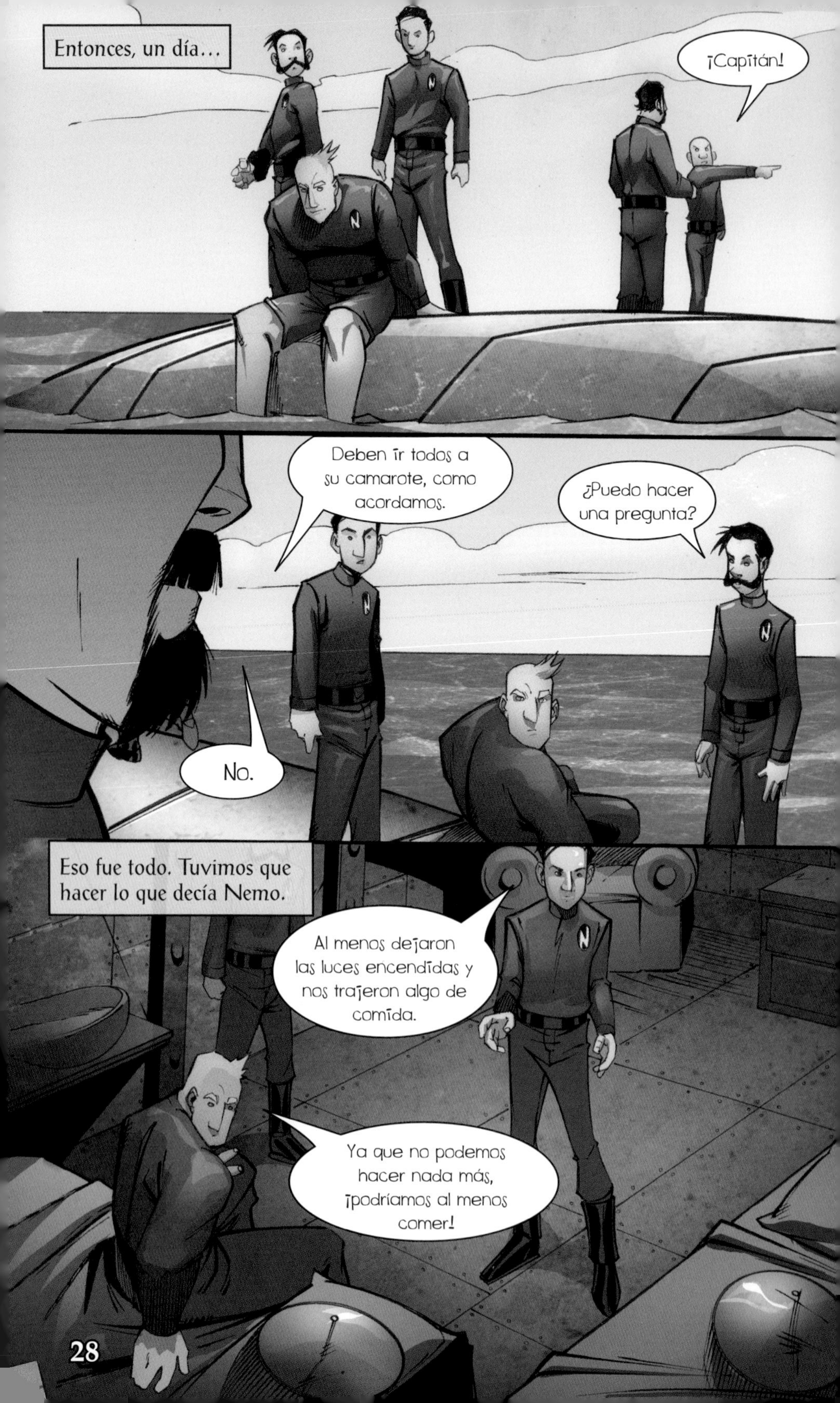
Entonces, un día…
¡Capitán!
Deben ir todos a su camarote, como acordamos.
¿Puedo hacer una pregunta?
No.
Eso fue todo. Tuvimos que hacer lo que decía Nemo.
Al menos dejaron las luces encendidas y nos trajeron algo de comida.
Ya que no podemos hacer nada más, ¡podríamos al menos comer!

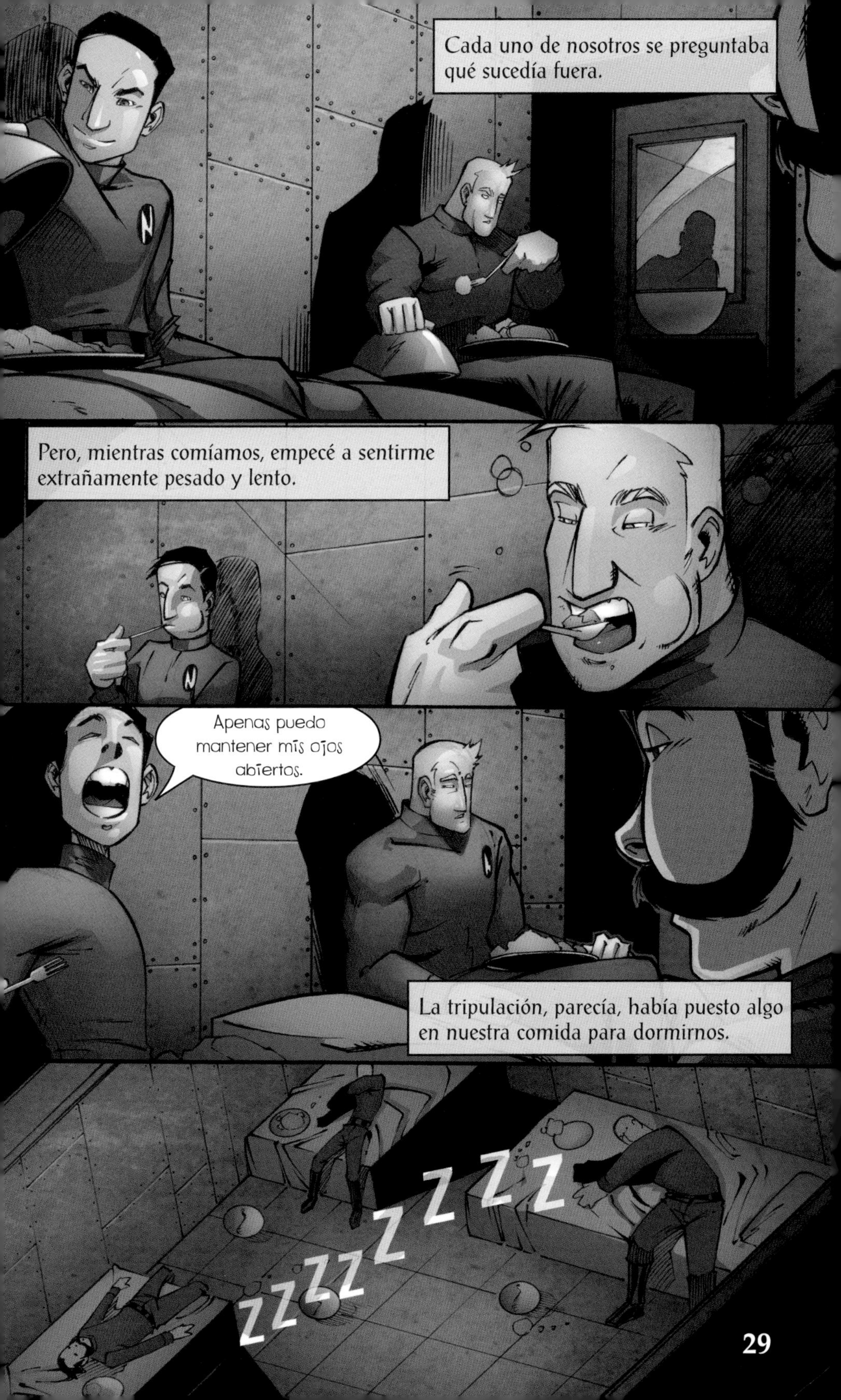
Cada uno de nosotros se preguntaba qué sucedía fuera.
Pero, mientras comíamos, empecé a sentirme extrañamente pesado y lento.
Apenas puedo mantener mis ojos abiertos.
La tripulación, parecía, había puesto algo en nuestra comida para dormirnos.
ZZZZZ Z Z Z Z Z

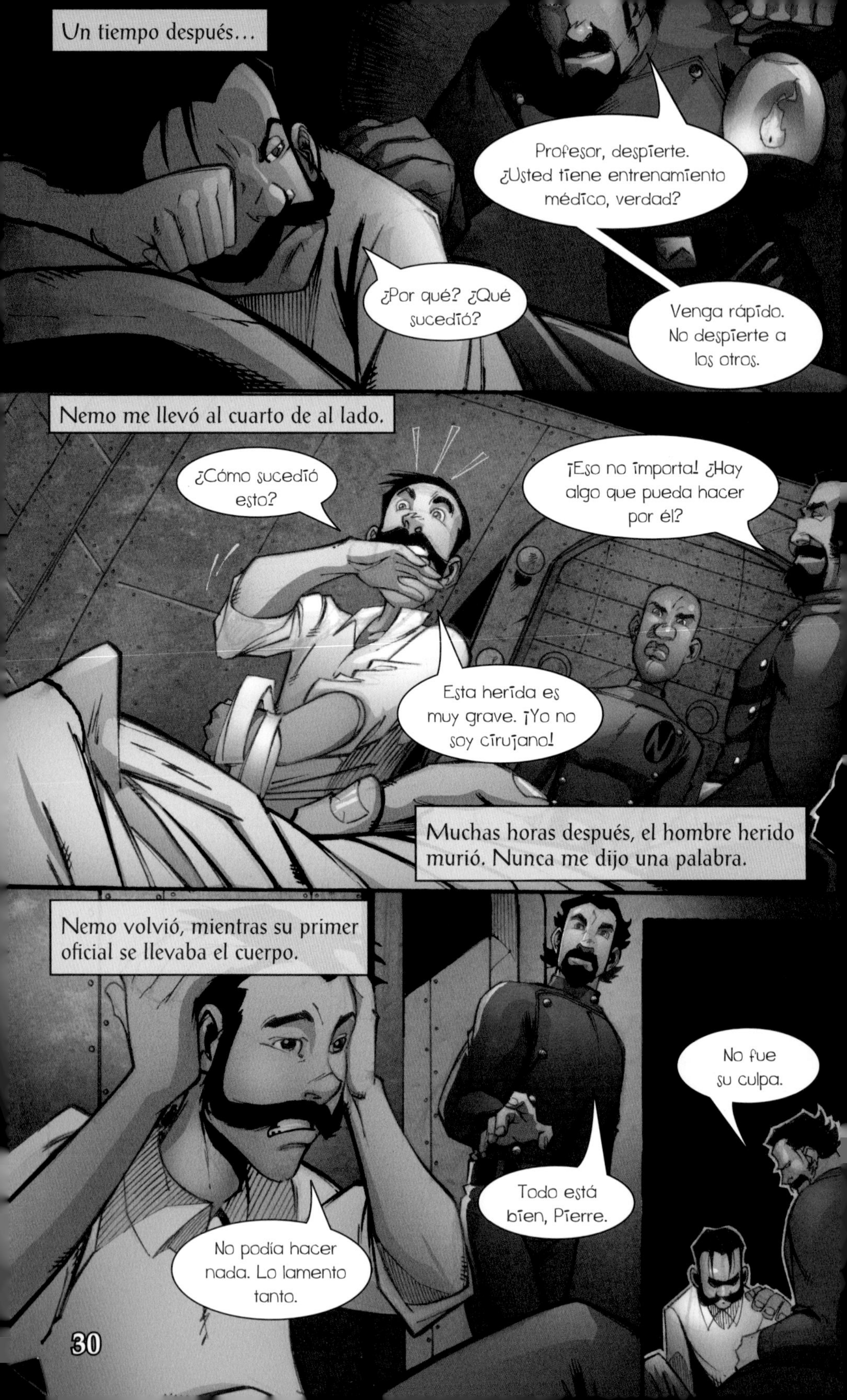
Un tiempo después...
Profesor, despierte. ¿Usted tiene entrenamiento médico, verdad?
¿Por qué? ¿Qué sucedió?
Venga rápido. No despierte a los otros.
Nemo me llevó al cuarto de al lado.
¿Cómo sucedió esto?
¡Eso no importa! ¿Hay algo que pueda hacer por él?
Esta herida es muy grave. ¡Yo no soy cirujano!
Muchas horas después, el hombre herido murió. Nunca me dijo una palabra.
Nemo volvió, mientras su primer oficial se llevaba el cuerpo.
No podía hacer nada. Lo lamento tanto.
Todo está bien, Pierre.
No fue su culpa.

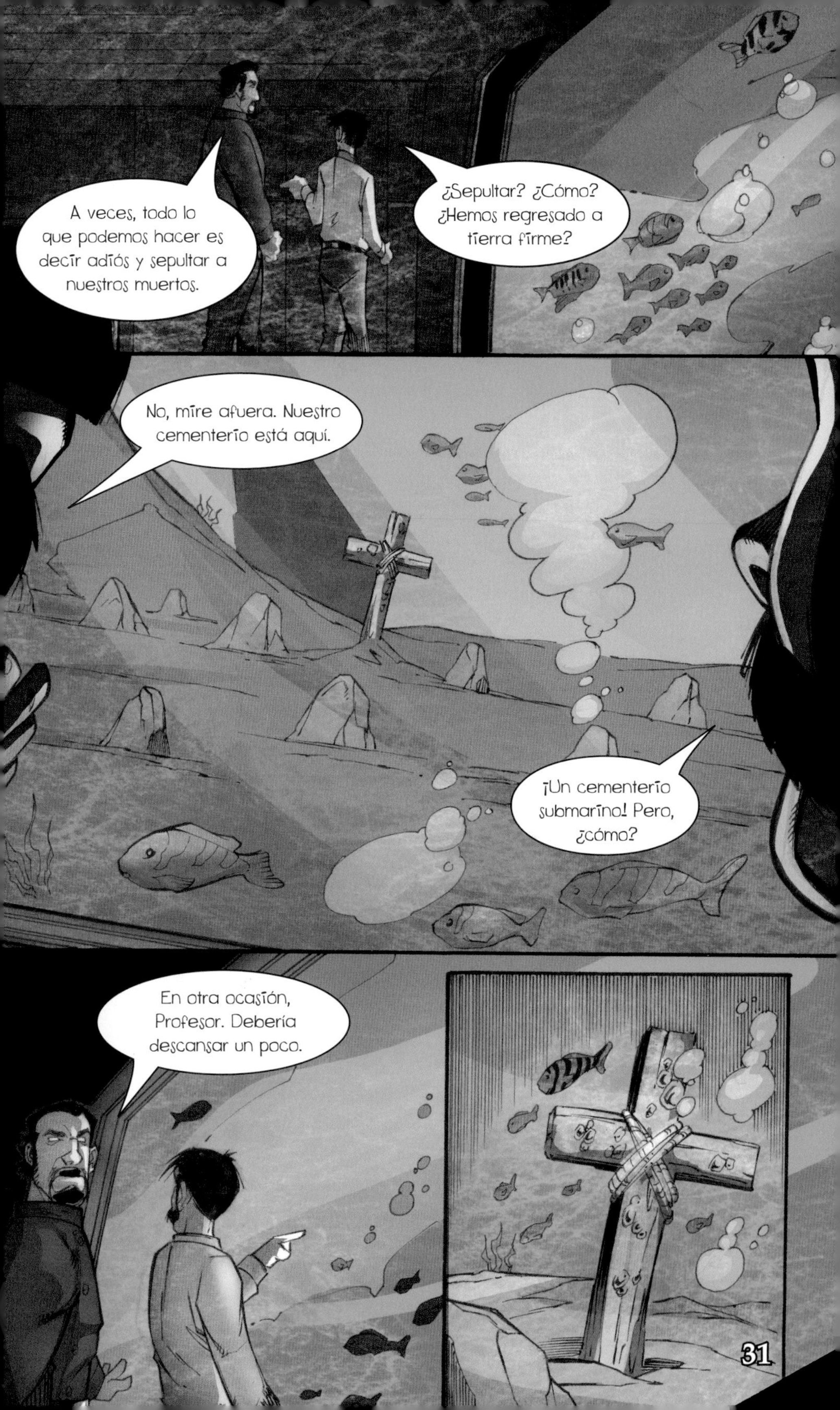
A veces, todo lo que podemos hacer es decir adiós y sepultar a nuestros muertos.
¿Sepultar? ¿Cómo? ¿Hemos regresado a tierra firme?
No, mire afuera. Nuestro cementerio está aquí.
¡Un cementerio submarino! Pero, ¿cómo?
En otra ocasión, Profesor. Debería descansar un poco.

CAPÍTULO 4: Aventuras submarinas

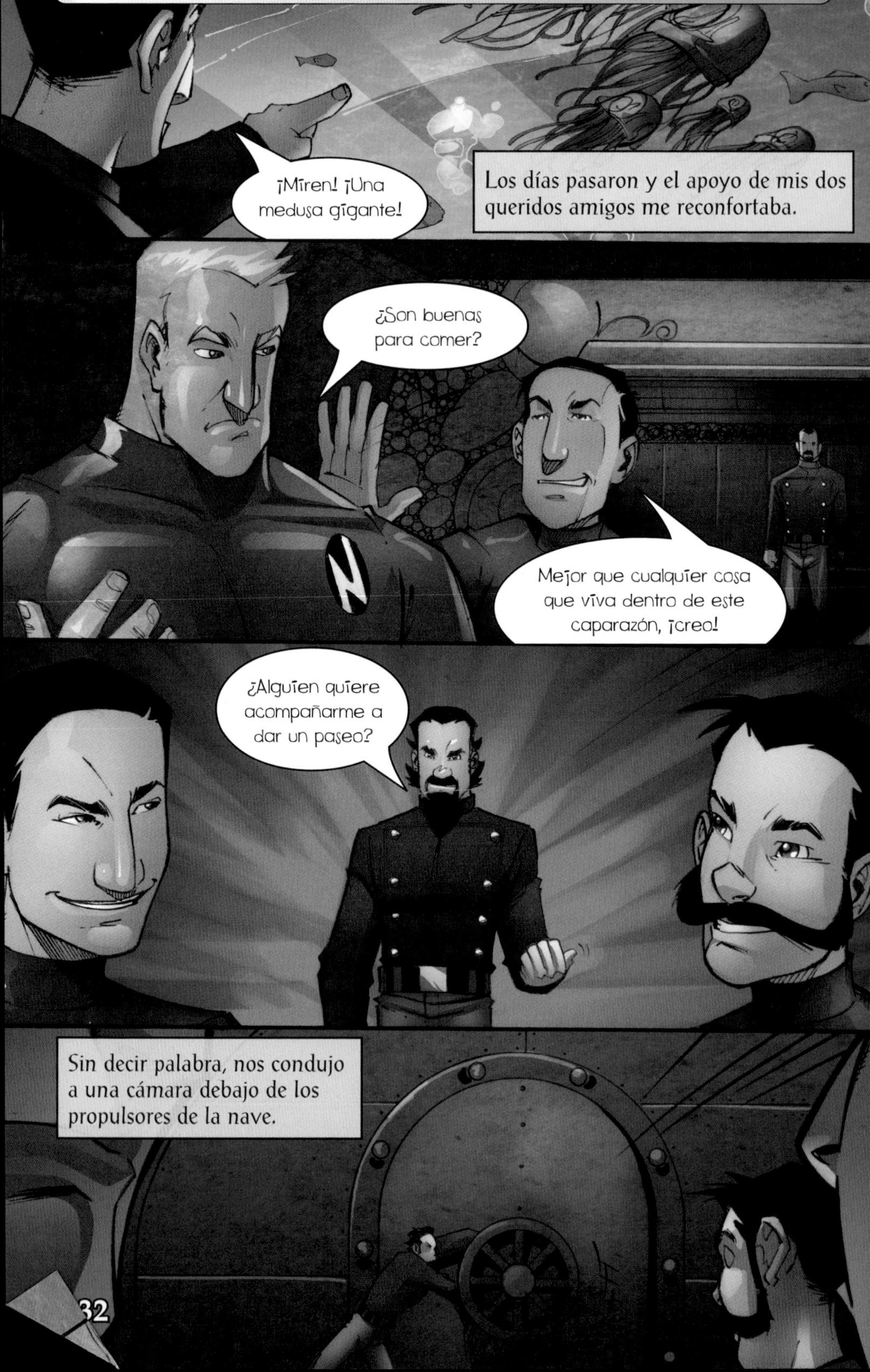
¡Miren! ¡Una medusa gigante!
Los días pasaron y el apoyo de mis dos queridos amigos me reconfortaba.
¿Son buenas para comer?
Mejor que cualquier cosa que viva dentro de este caparazón, ¡creo!
¿Alguien quiere acompañarme a dar un paseo?
Sin decir palabra, nos condujo a una cámara debajo de los propulsores de la nave.

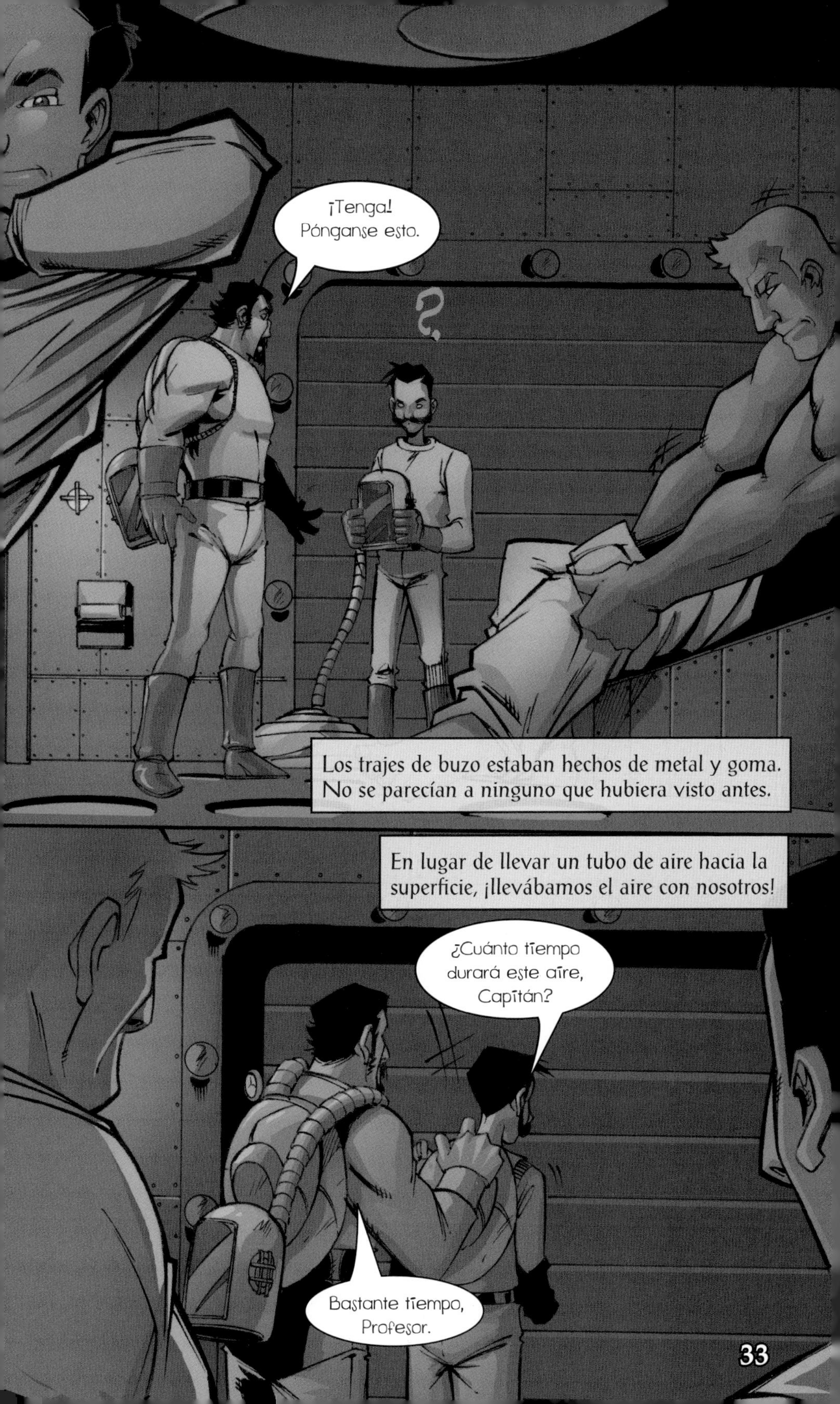
¡Tenga! Pónganse esto.
?
Los trajes de buzo estaban hechos de metal y goma. No se parecían a ninguno que hubiera visto antes.
En lugar de llevar un tubo de aire hacia la superficie, ¡llevábamos el aire con nosotros!
¿Cuánto tiempo durará este aire, Capitán?
Bastante tiempo, Profesor.

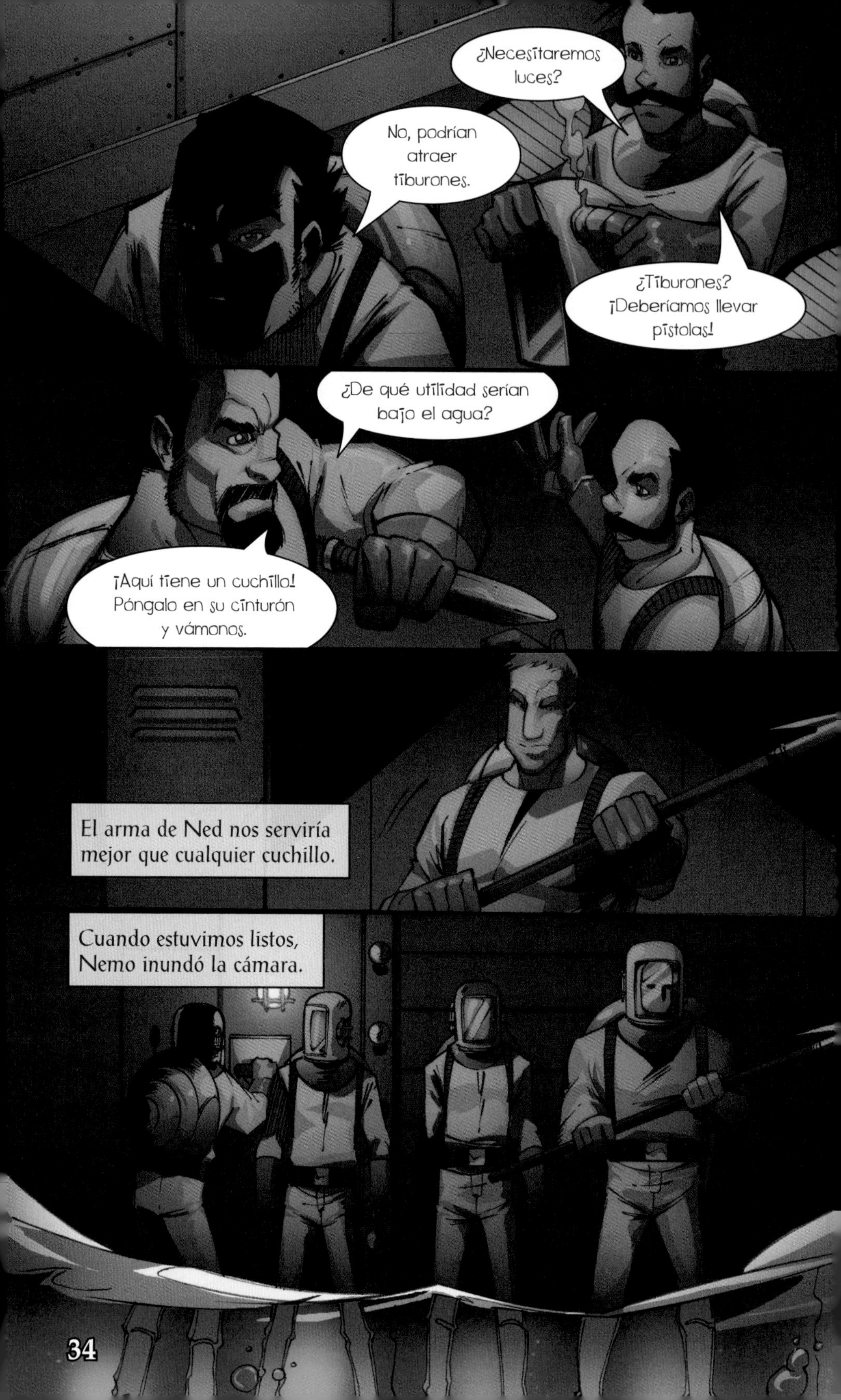
¿Necesitaremos luces?
No, podrían atraer tiburones.
¿Tiburones? ¡Deberíamos llevar pistolas!
¿De qué utilidad serían bajo el agua?
¡Aquí tiene un cuchillo! Póngalo en su cinturón y vámonos.
El arma de Ned nos serviría mejor que cualquier cuchillo.
Cuando estuvimos listos, Nemo inundó la cámara.

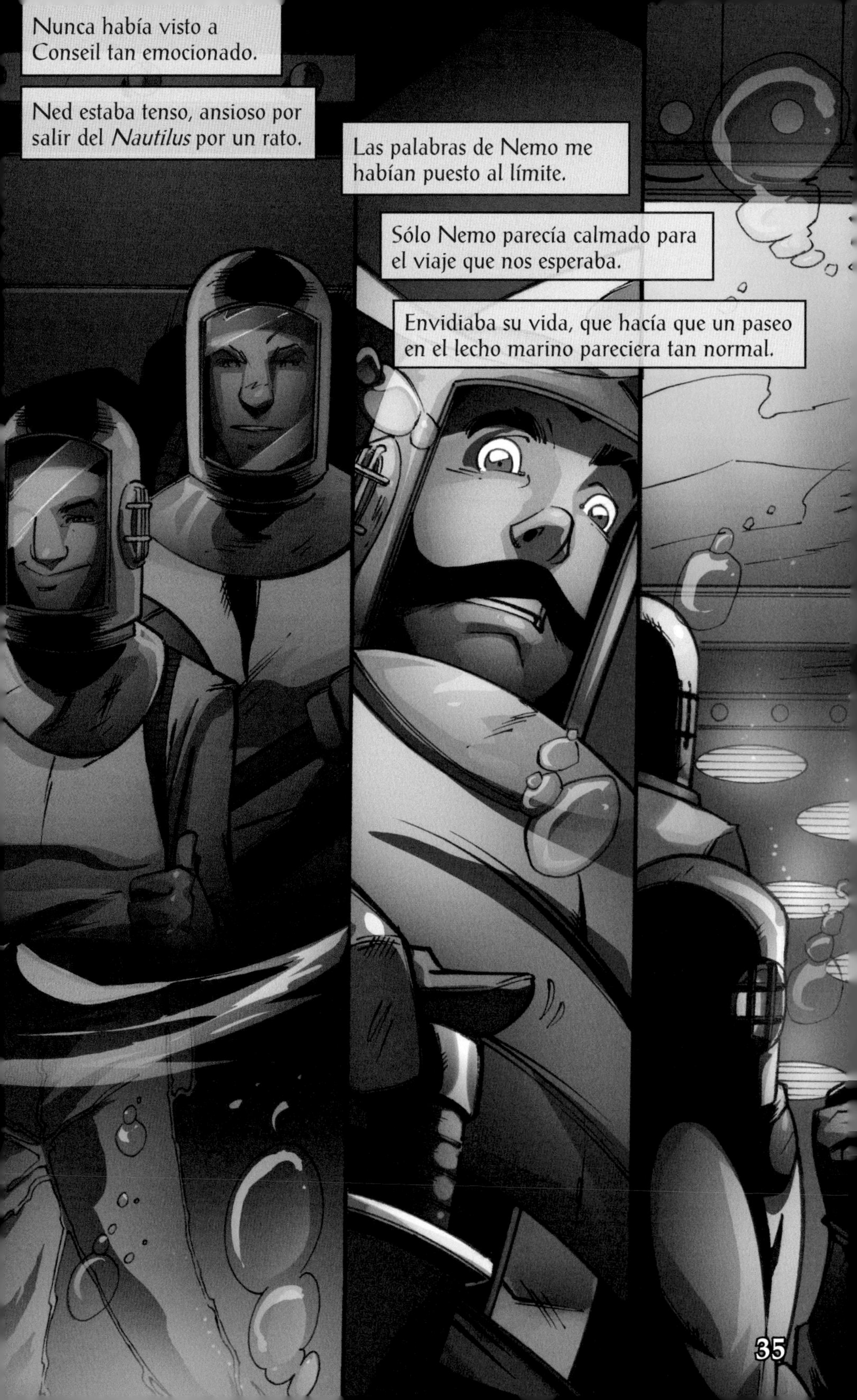
Nunca había visto a Conseil tan emocionado.
Ned estaba tenso, ansioso por salir del *Nautilus* por un rato.
Las palabras de Nemo me habían puesto al límite.
Sólo Nemo parecía calmado para el viaje que nos esperaba.
Envidiaba su vida, que hacía que un paseo en el lecho marino pareciera tan normal.

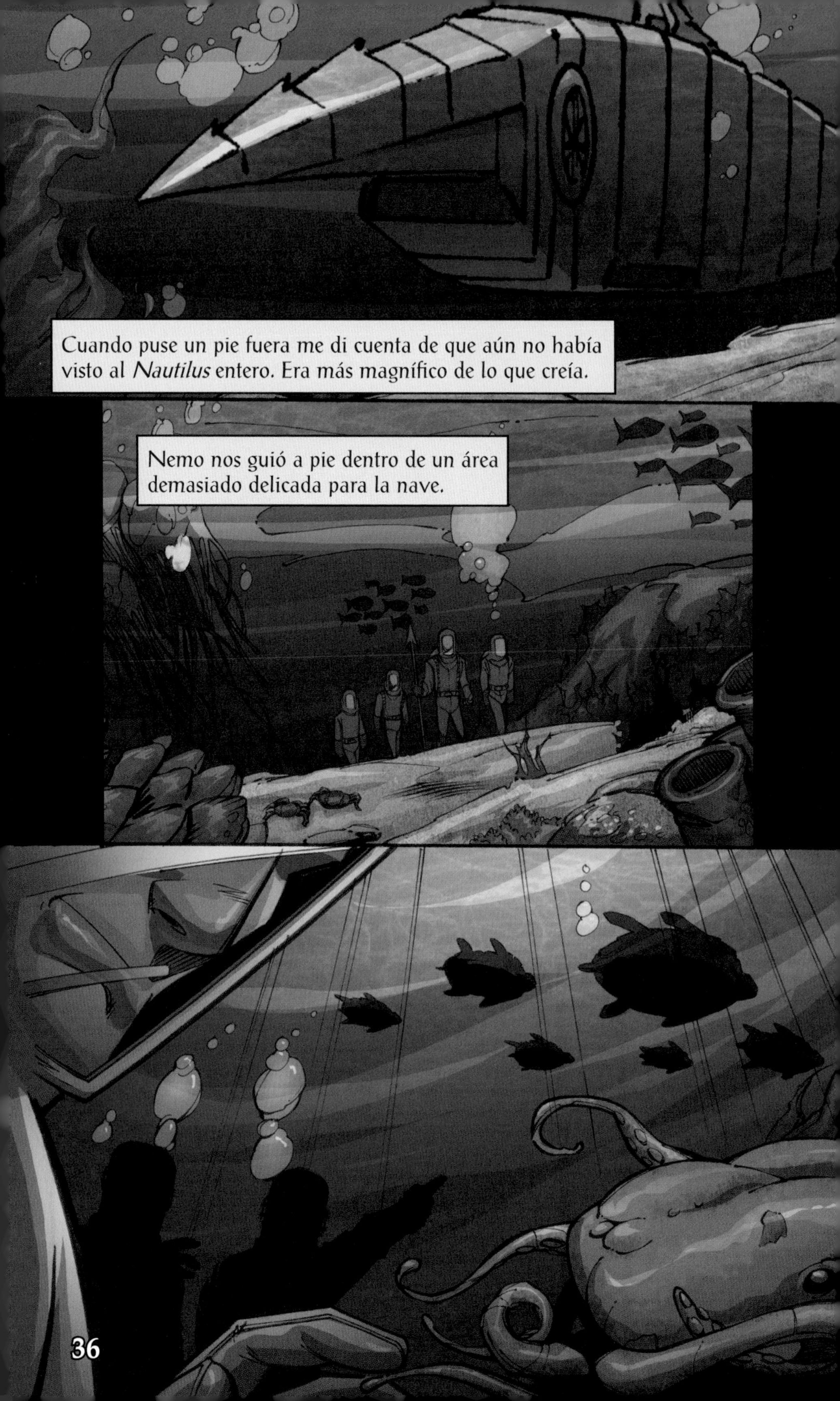

Cuando puse un pie fuera me di cuenta de que aún no había visto al *Nautilus* entero. Era más magnífico de lo que creía.
Nemo nos guió a pie dentro de un área demasiado delicada para la nave.

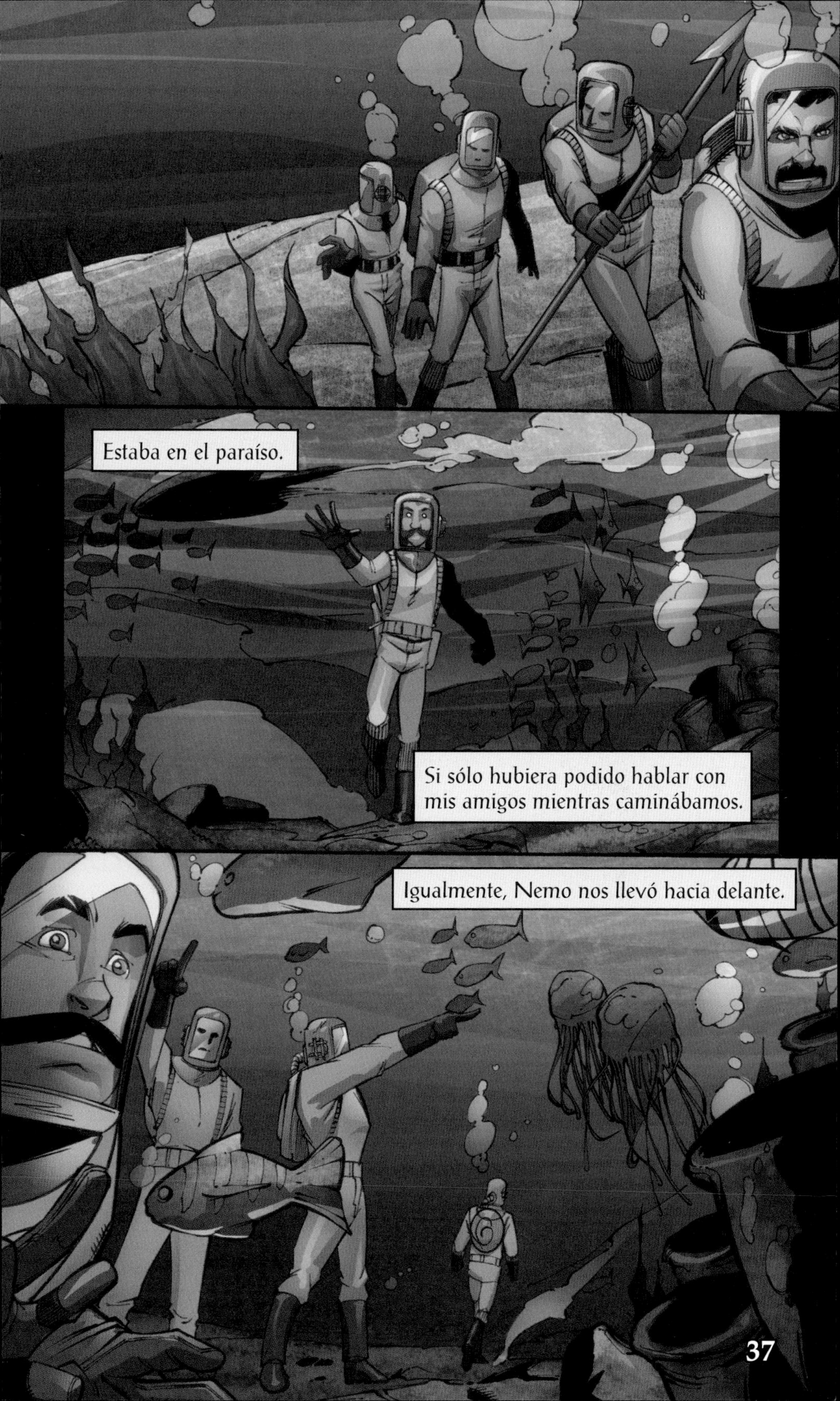
Estaba en el paraíso.
Si sólo hubiera podido hablar con mis amigos mientras caminábamos.
Igualmente, Nemo nos llevó hacia delante.

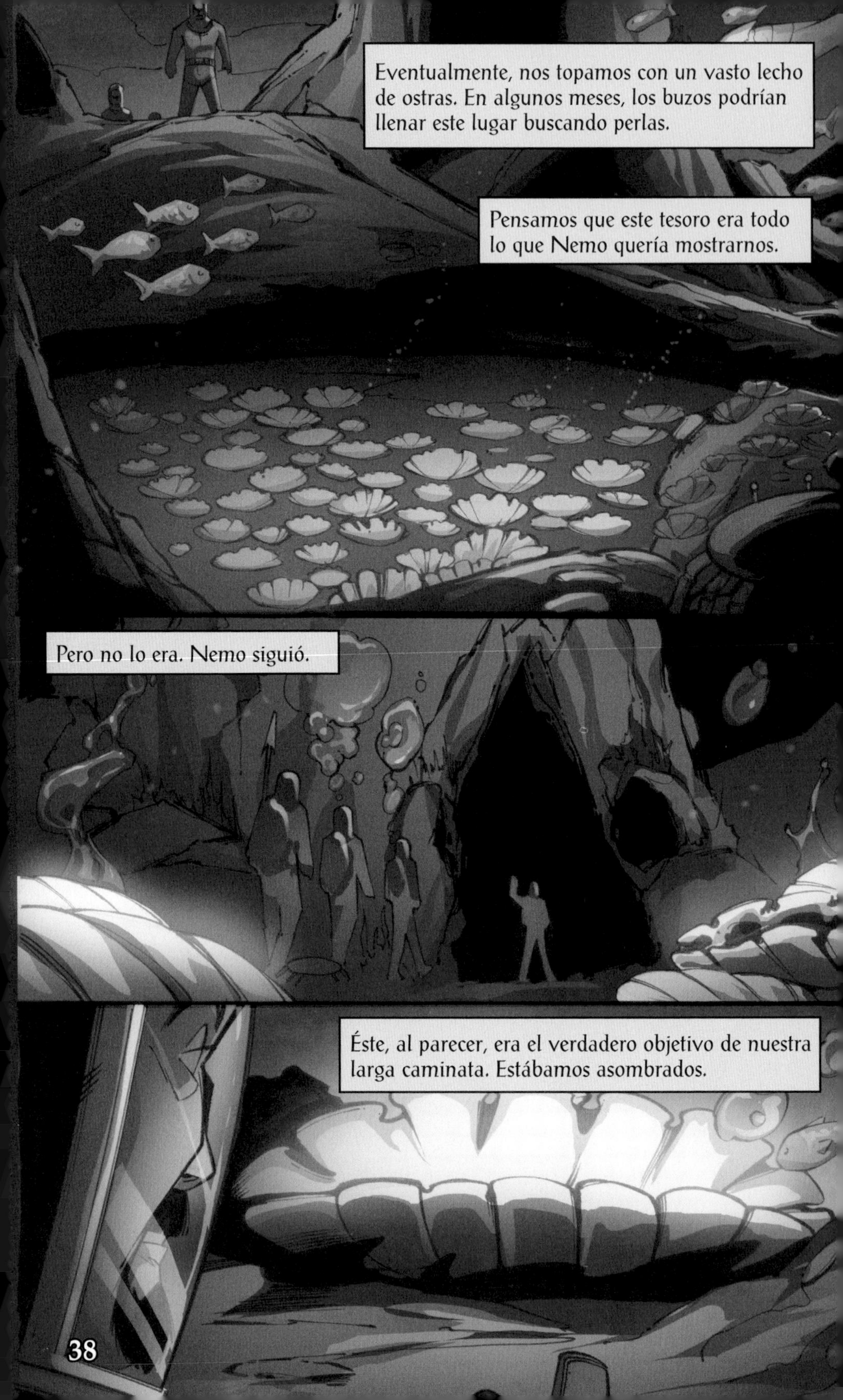
Eventualmente, nos topamos con un vasto lecho de ostras. En algunos meses, los buzos podrían llenar este lugar buscando perlas.
Pensamos que este tesoro era todo lo que Nemo quería mostrarnos.
Pero no lo era. Nemo siguió.
Éste, al parecer, era el verdadero objetivo de nuestra larga caminata. Estábamos asombrados.

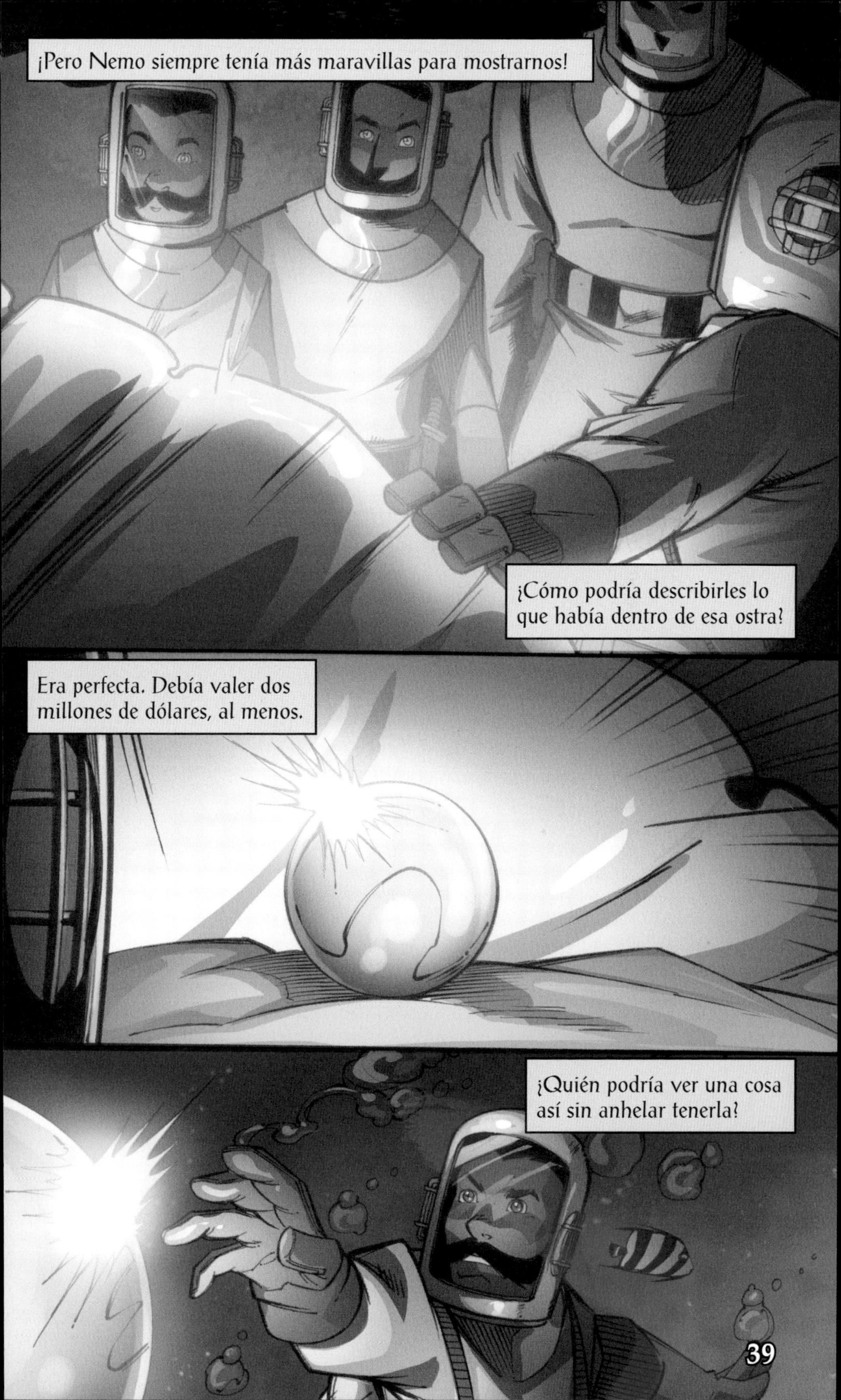

¡Pero Nemo siempre tenía más maravillas para mostrarnos!
¿Cómo podría describirles lo que había dentro de esa ostra?
Era perfecta. Debía valer dos millones de dólares, al menos.
¿Quién podría ver una cosa así sin anhelar tenerla?

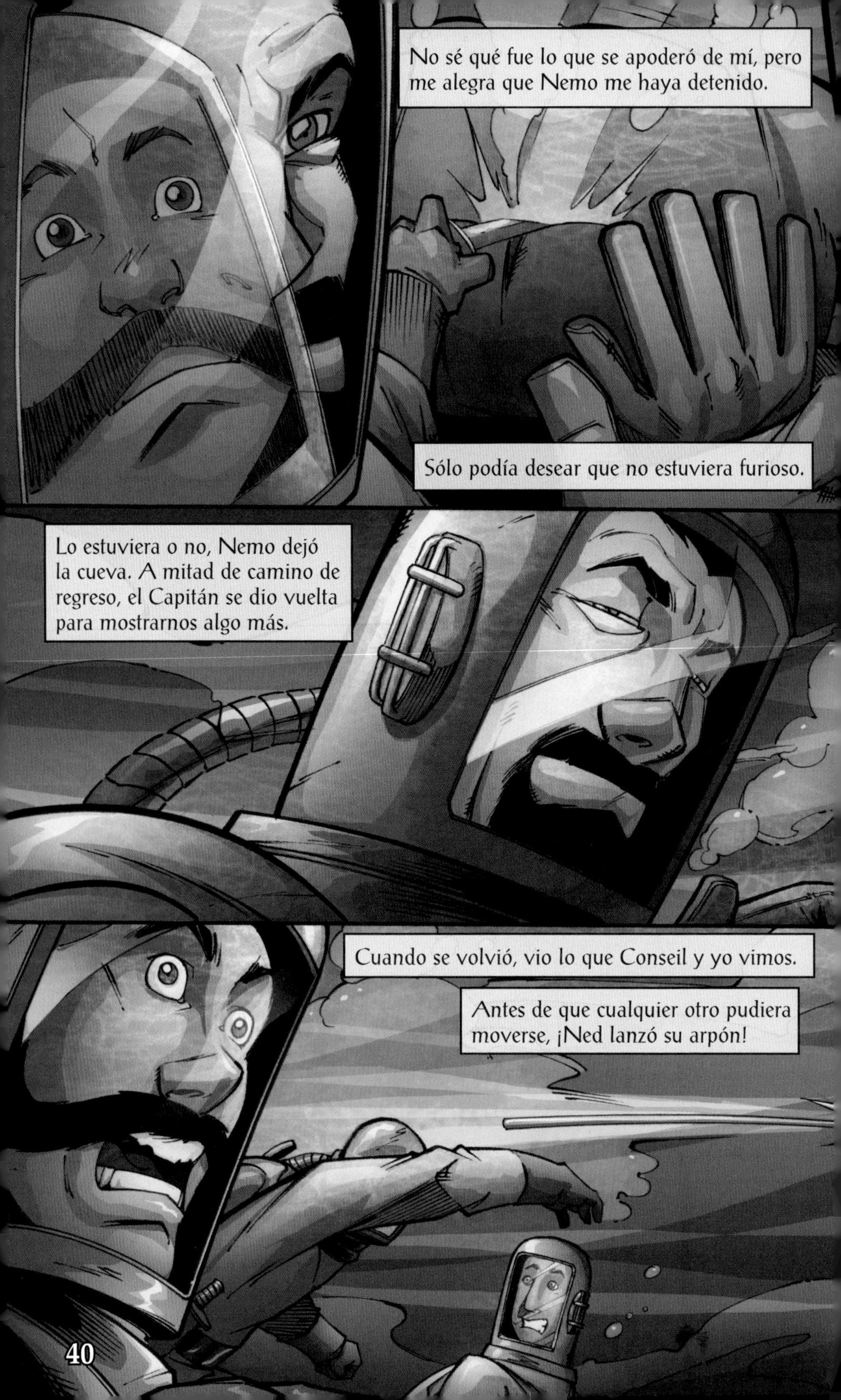
No sé qué fue lo que se apoderó de mí, pero me alegra que Nemo me haya detenido.
Sólo podía desear que no estuviera furioso.
Lo estuviera o no, Nemo dejó la cueva. A mitad de camino de regreso, el Capitán se dio vuelta para mostrarnos algo más.
Cuando se volvió, vio lo que Conseil y yo vimos.
Antes de que cualquier otro pudiera moverse, ¡Ned lanzó su arpón!

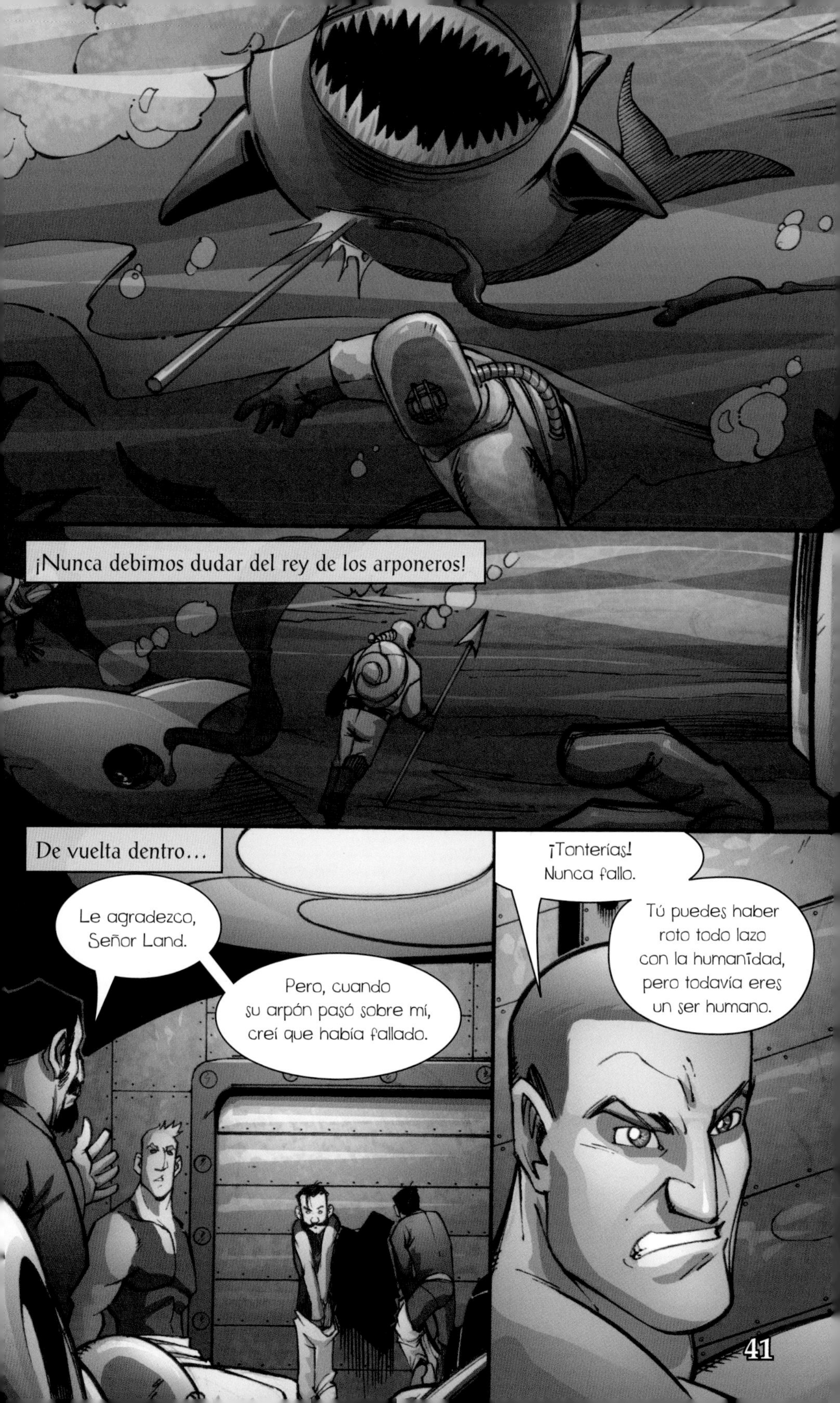
¡Nunca debimos dudar del rey de los arponeros!
De vuelta dentro…
Le agradezco, Señor Land.
Pero, cuando su arpón pasó sobre mí, creí que había fallado.
¡Tonterías! Nunca fallo.
Tú puedes haber roto todo lazo con la humanidad, pero todavía eres un ser humano.

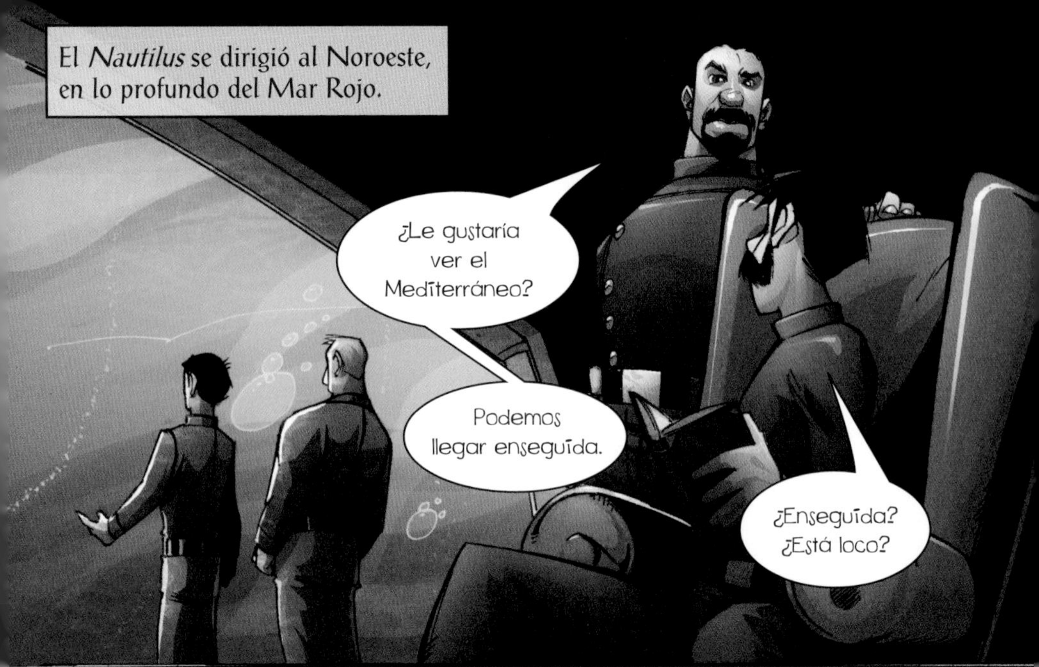
El *Nautilus* se dirigió al Noroeste, en lo profundo del Mar Rojo.
¿Le gustaría ver el Mediterráneo?
Podemos llegar enseguida.
¿Enseguida? ¿Está loco?

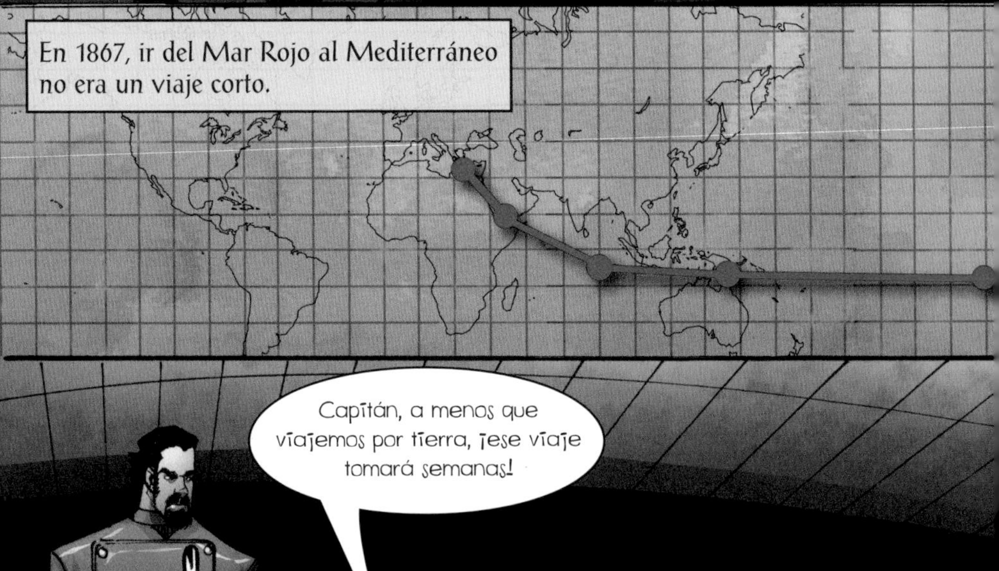
En 1867, ir del Mar Rojo al Mediterráneo no era un viaje corto.

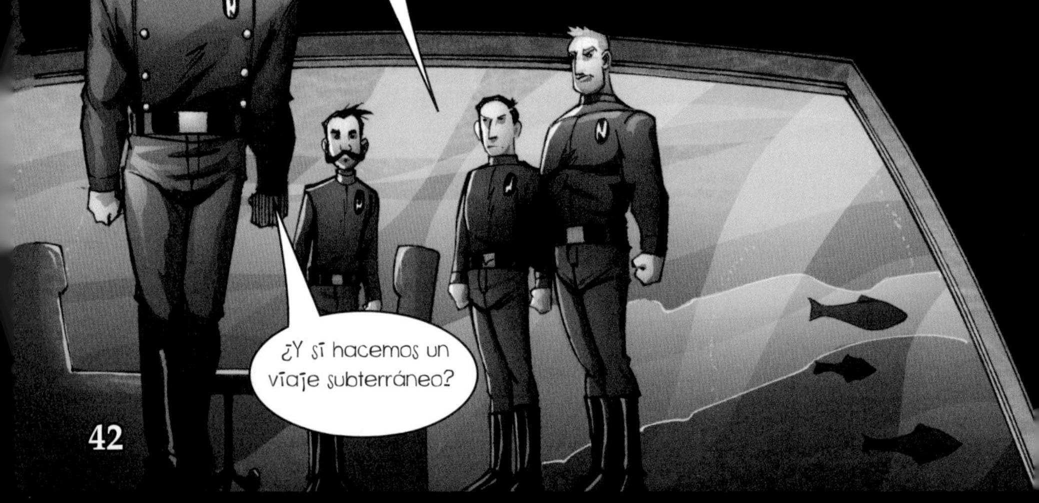
Capitán, a menos que viajemos por tierra, ¡ese viaje tomará semanas!
¿Y si hacemos un viaje subterráneo?

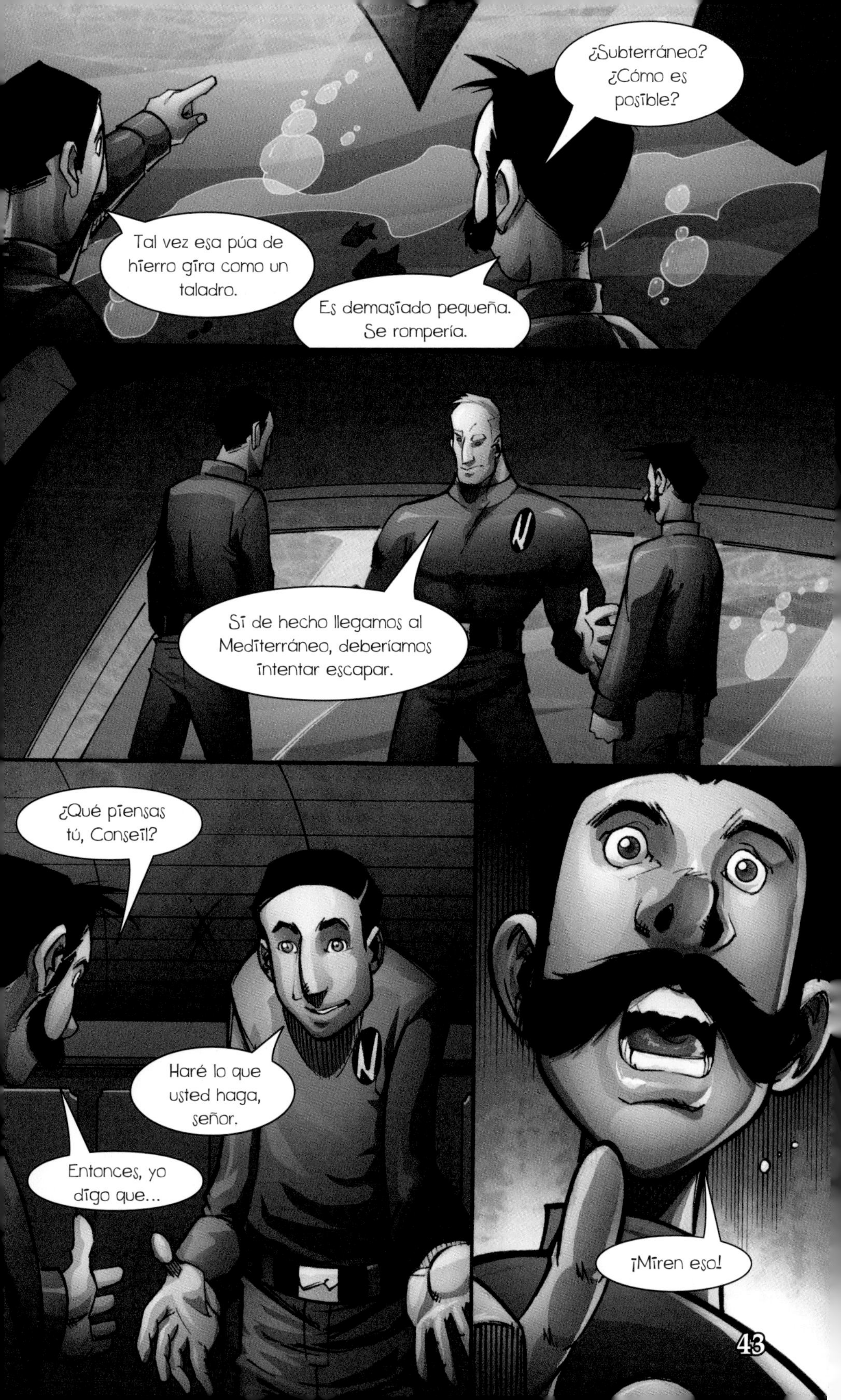
¿Subterráneo? ¿Cómo es posible?
Tal vez esa púa de hierro gira como un taladro.
Es demasiado pequeña. Se rompería.
Si de hecho llegamos al Mediterráneo, deberíamos intentar escapar.
¿Qué piensas tú, Conseil?
Haré lo que usted haga, señor.
Entonces, yo digo que...
¡Miren eso!

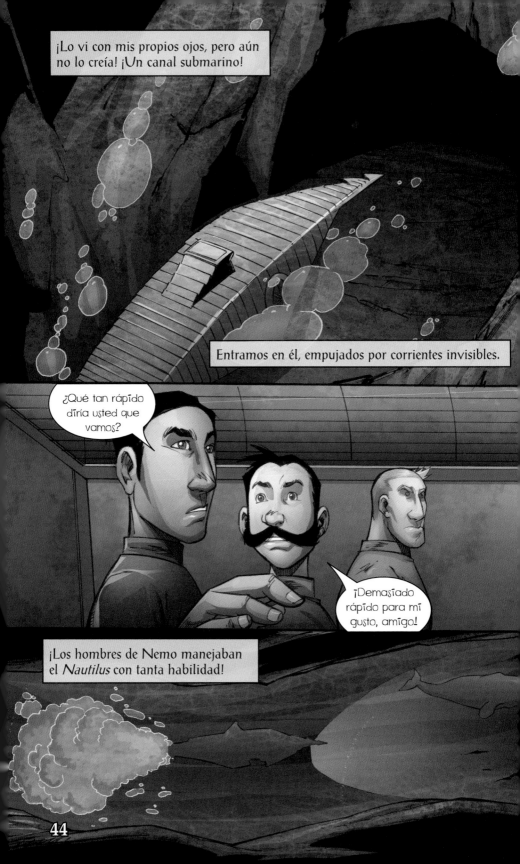

¡Lo vi con mis propios ojos, pero aún no lo creía! ¡Un canal submarino!

Entramos en él, empujados por corrientes invisibles.

¿Qué tan rápido diría usted que vamos?

¡Demasiado rápido para mi gusto, amigo!

¡Los hombres de Nemo manejaban el *Nautilus* con tanta habilidad!

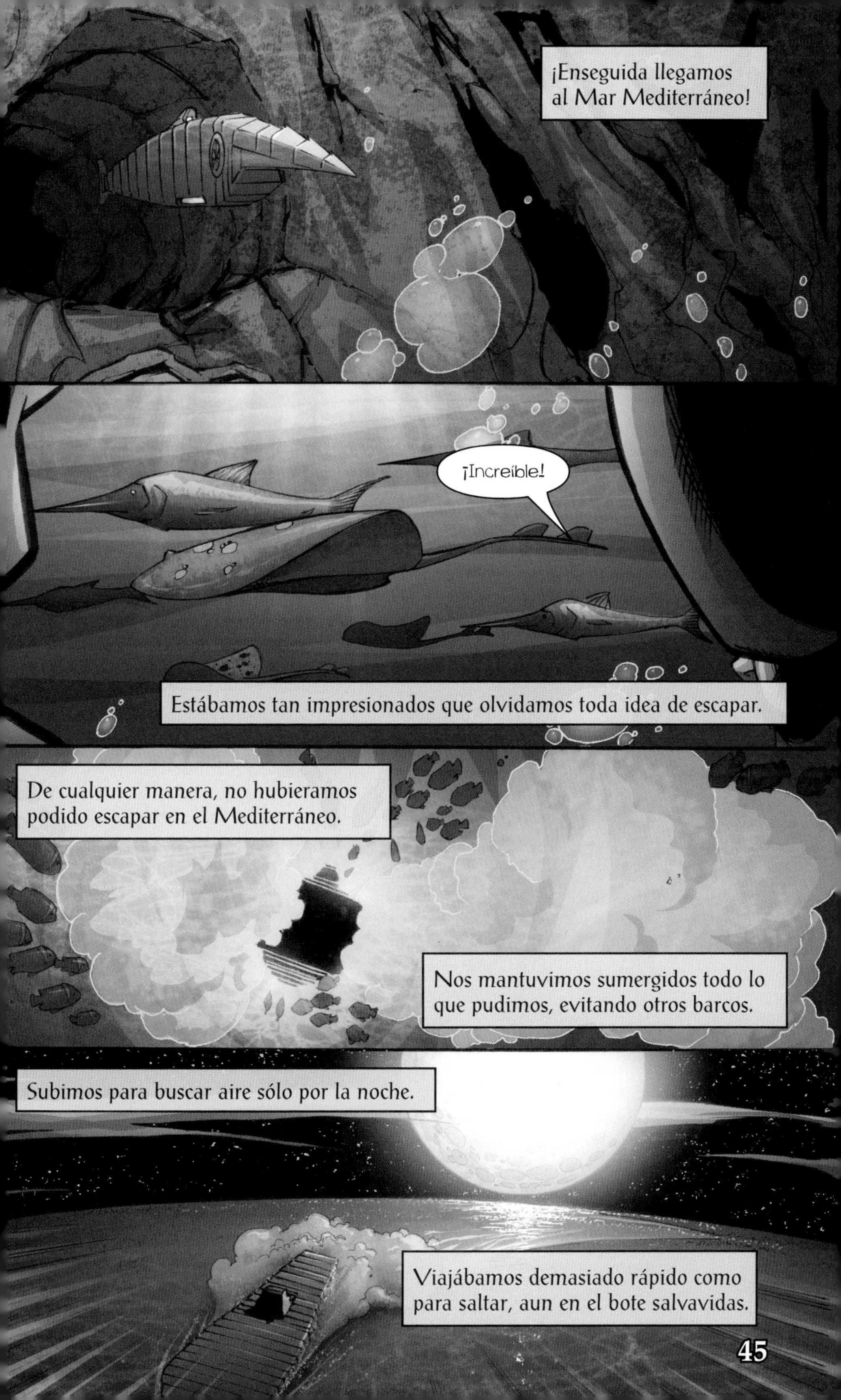
¡Enseguida llegamos al Mar Mediterráneo!
¡Increíble!
Estábamos tan impresionados que olvidamos toda idea de escapar.
De cualquier manera, no hubieramos podido escapar en el Mediterráneo.
Nos mantuvimos sumergidos todo lo que pudimos, evitando otros barcos.
Subimos para buscar aire sólo por la noche.
Viajábamos demasiado rápido como para saltar, aun en el bote salvavidas.

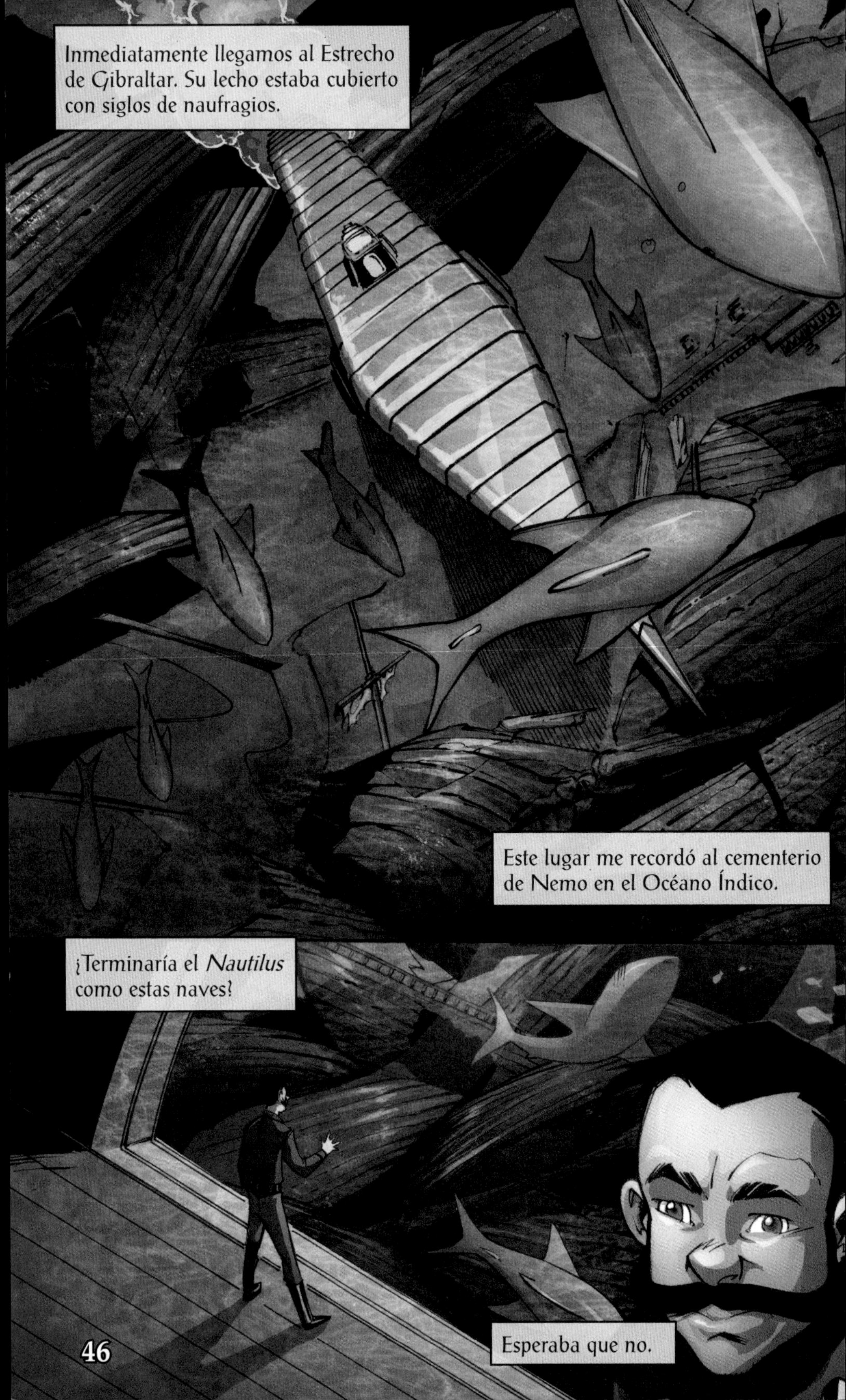
Inmediatamente llegamos al Estrecho de Gibraltar. Su lecho estaba cubierto con siglos de naufragios.
Este lugar me recordó al cementerio de Nemo en el Océano Índico.
¡Terminaría el *Nautilus* como estas naves?
Esperaba que no.

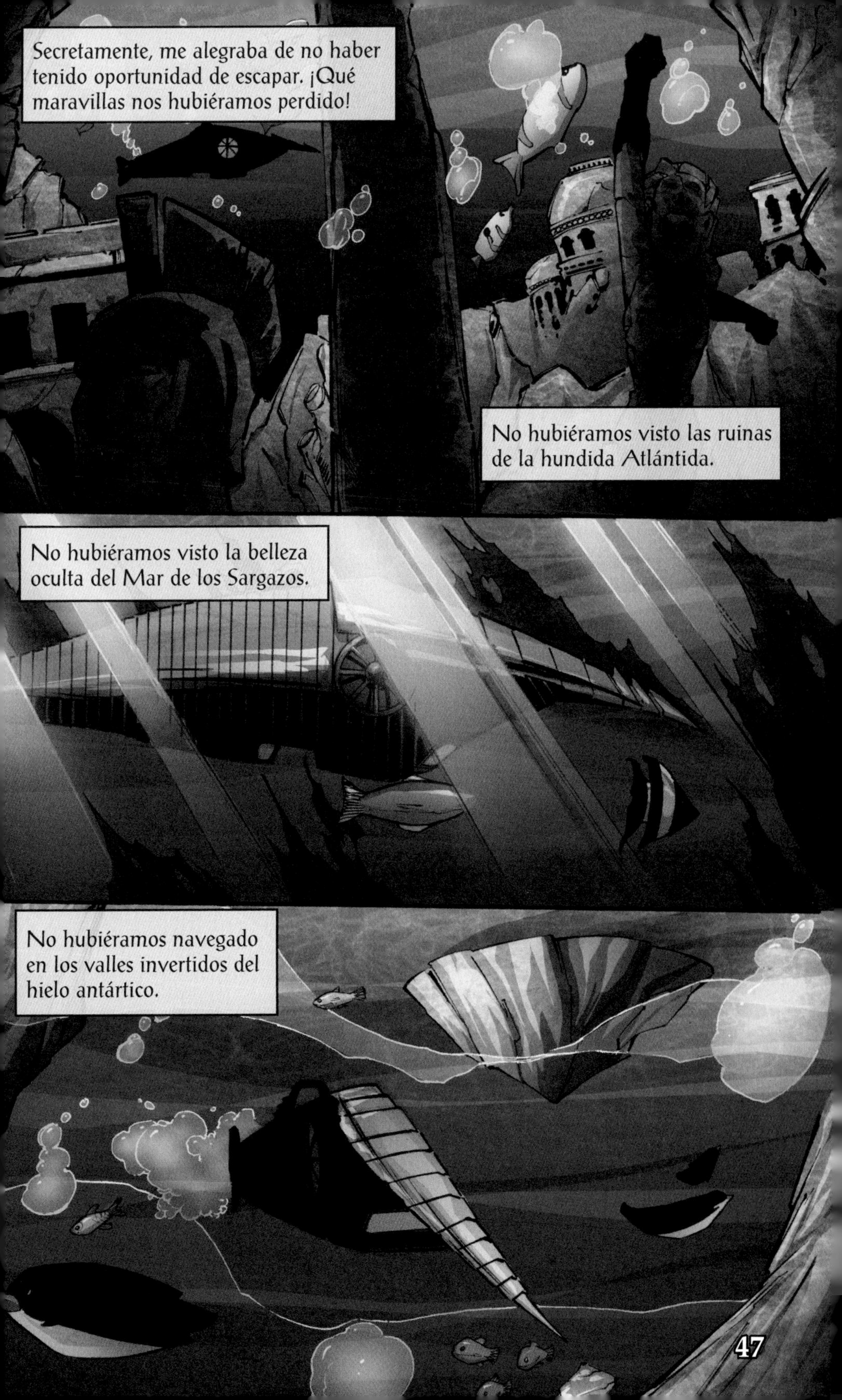
Secretamente, me alegraba de no haber tenido oportunidad de escapar. ¡Qué maravillas nos hubiéramos perdido!
No hubiéramos visto las ruinas de la hundida Atlántida.
No hubiéramos visto la belleza oculta del Mar de los Sargazos.
No hubiéramos navegado en los valles invertidos del hielo antártico.

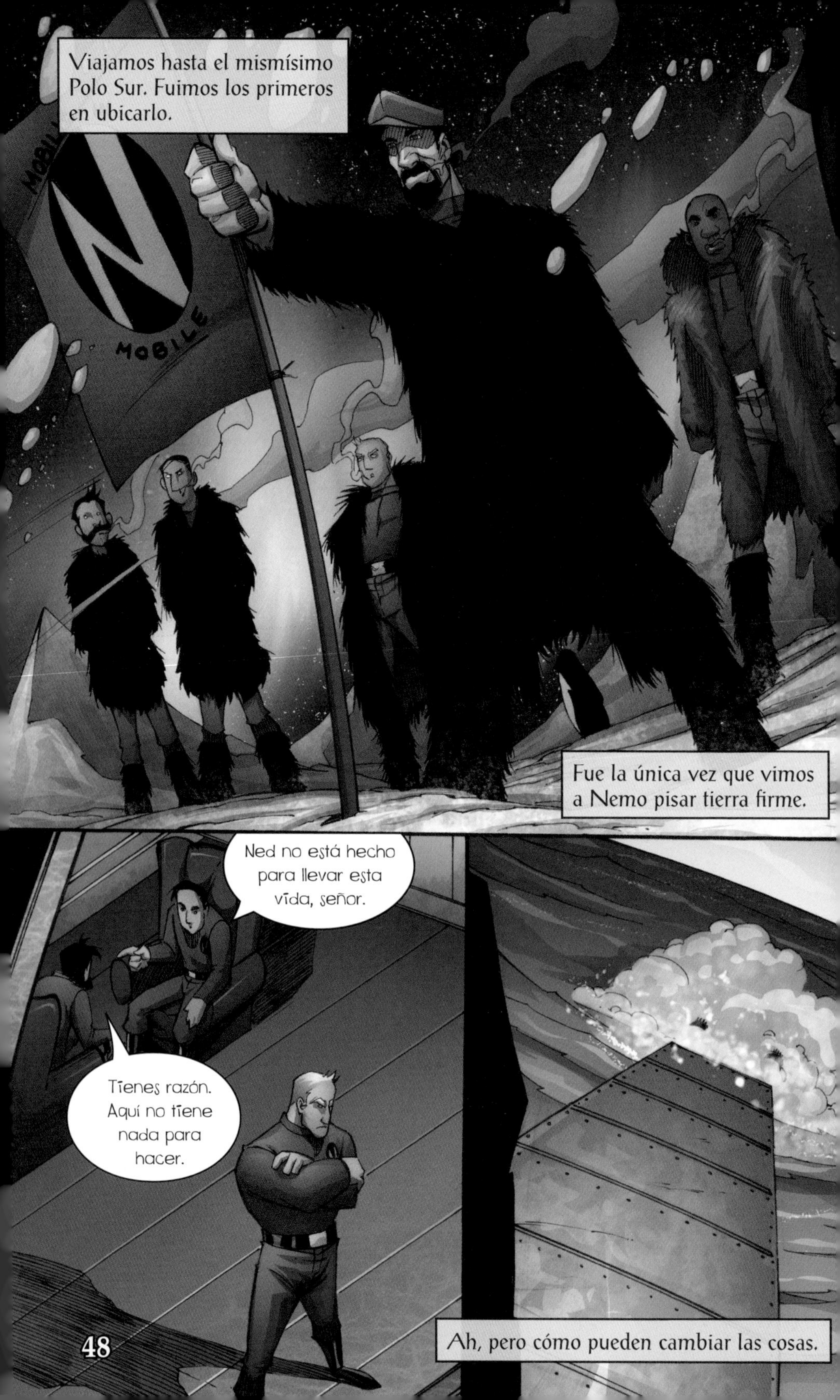

Viajamos hasta el mismísimo Polo Sur. Fuimos los primeros en ubicarlo.
MOBILE
Fue la única vez que vimos a Nemo pisar tierra firme.
Ned no está hecho para llevar esta vida, señor.
Tienes razón. Aquí no tiene nada para hacer.
Ah, pero cómo pueden cambiar las cosas.

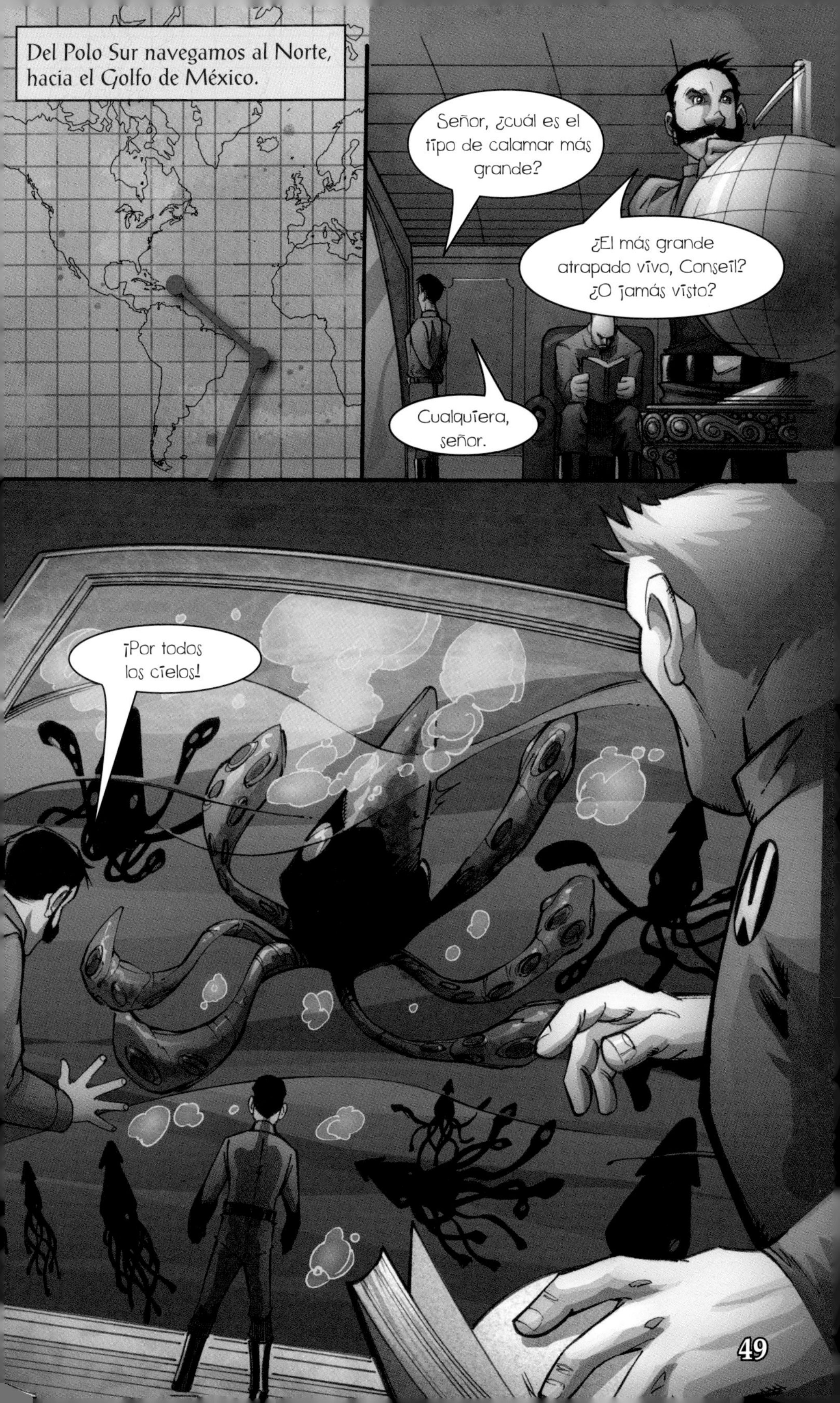
Del Polo Sur navegamos al Norte, hacia el Golfo de México.
Señor, ¿cuál es el tipo de calamar más grande?
¿El más grande atrapado vivo, Conseil? ¿O jamás visto?
Cualquiera, señor.
¡Por todos los cielos!

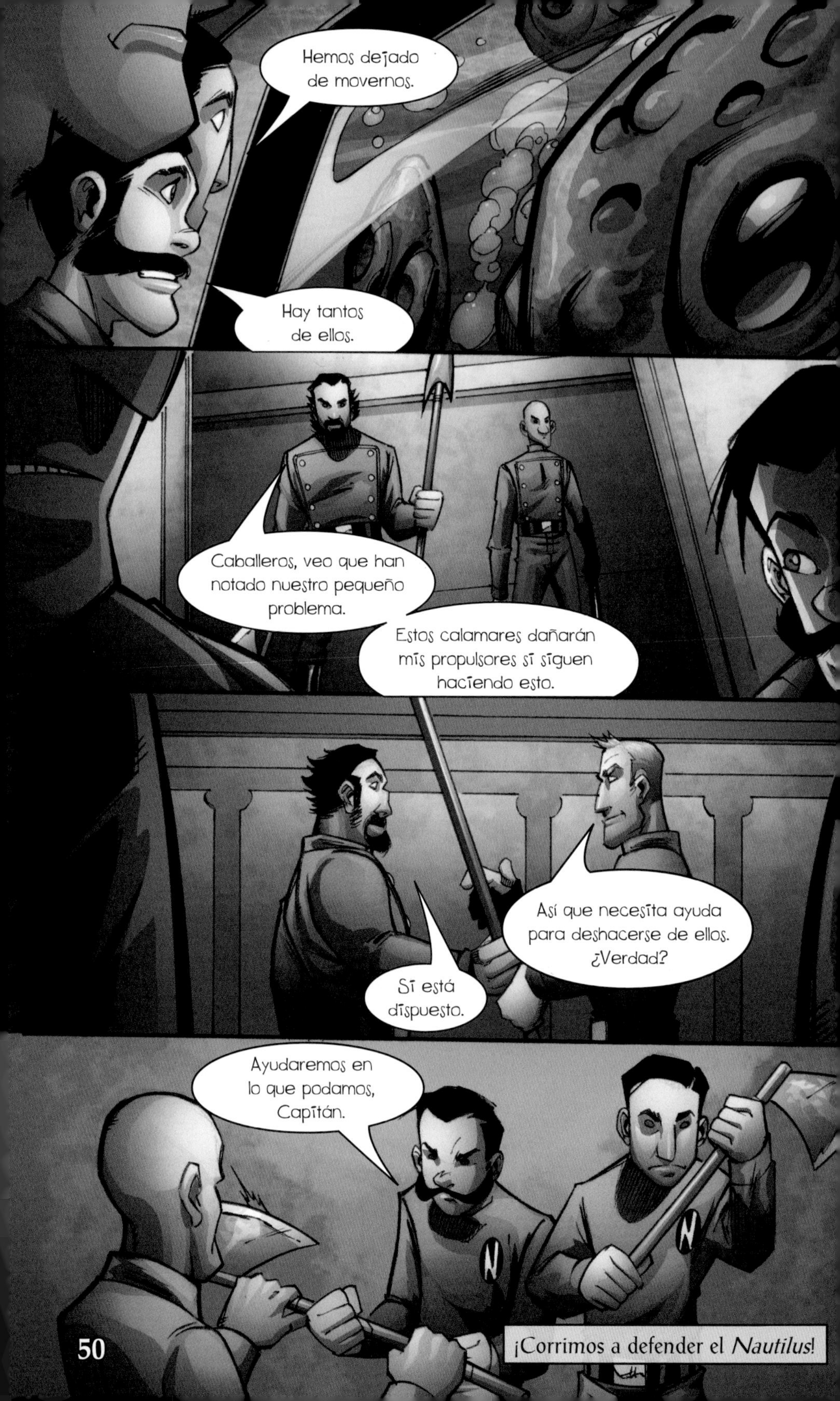
Hemos dejado de movernos.
Hay tantos de ellos.
Caballeros, veo que han notado nuestro pequeño problema.
Estos calamares dañarán mis propulsores si siguen haciendo esto.
Así que necesita ayuda para deshacerse de ellos. ¿Verdad?
Si está dispuesto.
Ayudaremos en lo que podamos, Capitán.
¡Corrimos a defender el *Nautilus*!

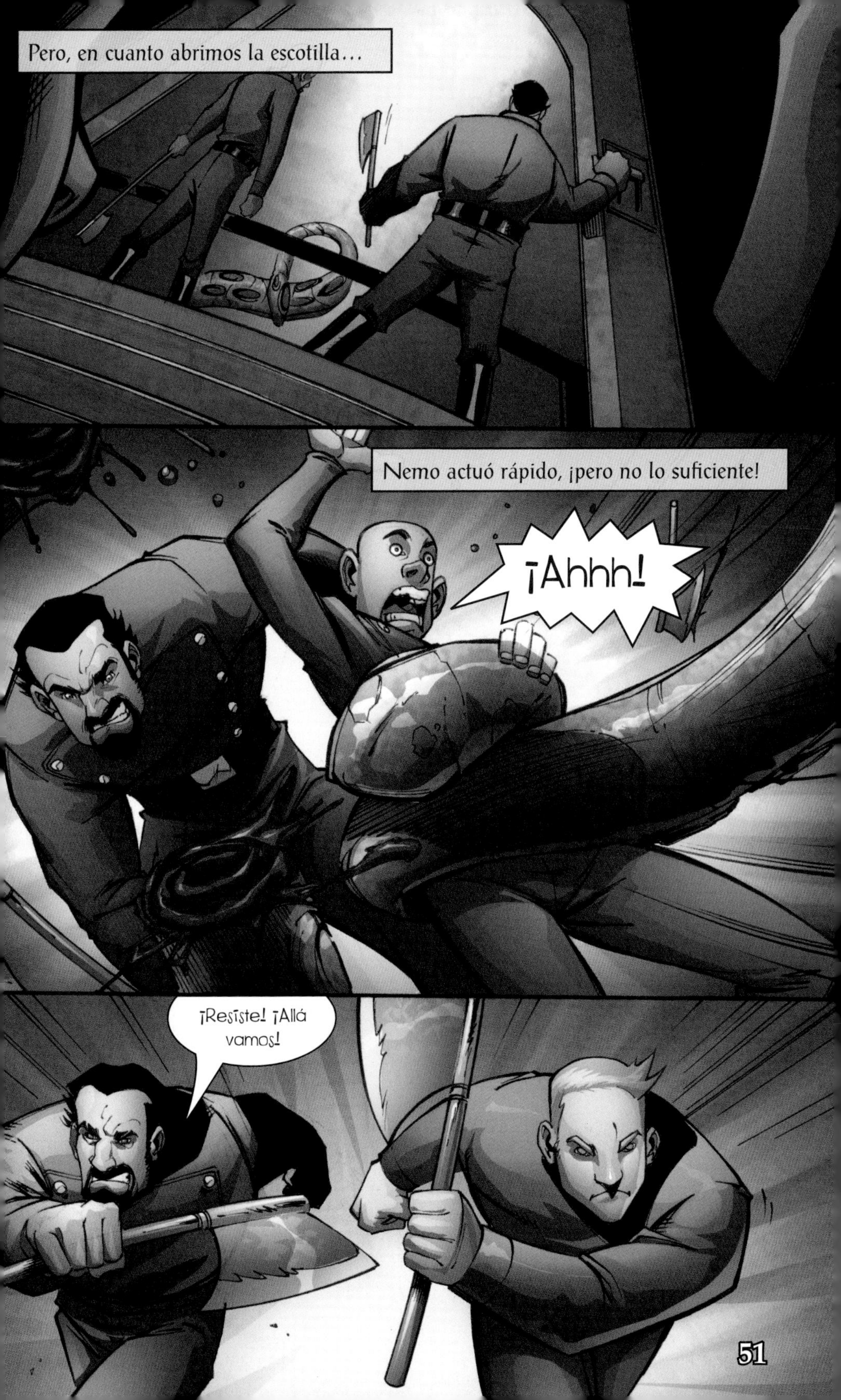
Pero, en cuanto abrimos la escotilla...
Nemo actuó rápido, ¡pero no lo suficiente!
¡Ahhh!
¡Resiste! ¡Allá vamos!

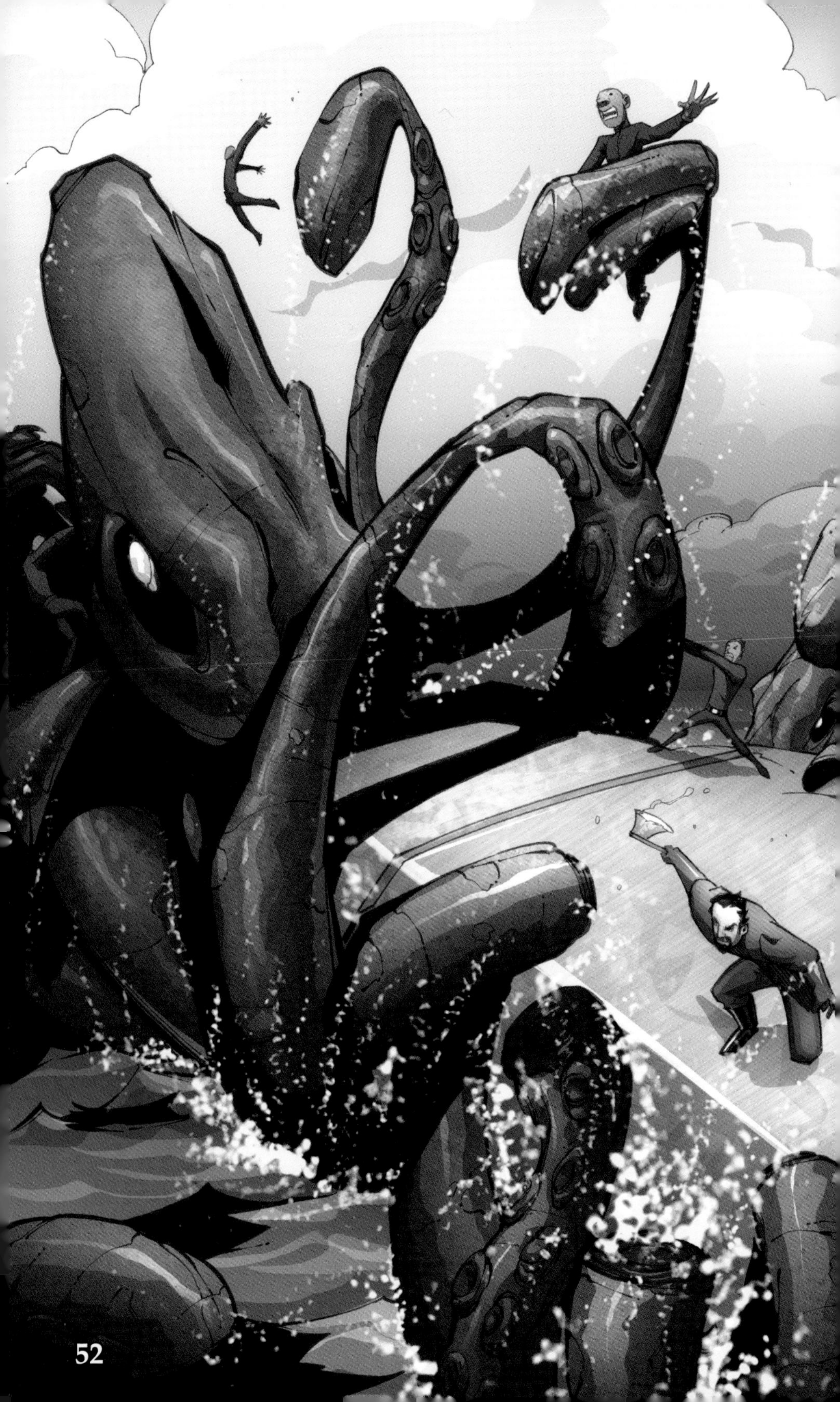

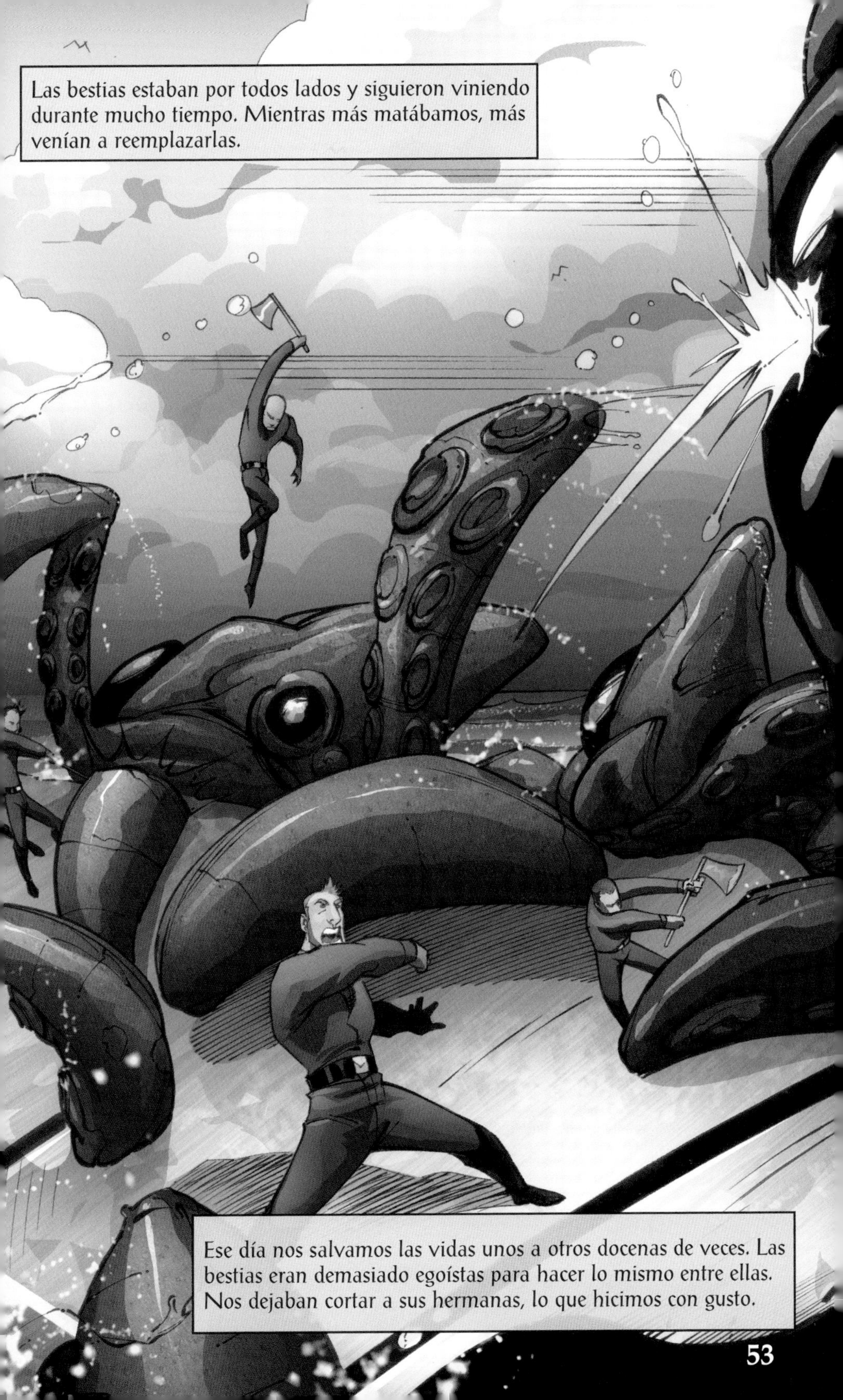
Las bestias estaban por todos lados y siguieron viniendo durante mucho tiempo. Mientras más matábamos, más venían a reemplazarlas.
Ese día nos salvamos las vidas unos a otros docenas de veces. Las bestias eran demasiado egoístas para hacer lo mismo entre ellas. Nos dejaban cortar a sus hermanas, lo que hicimos con gusto.

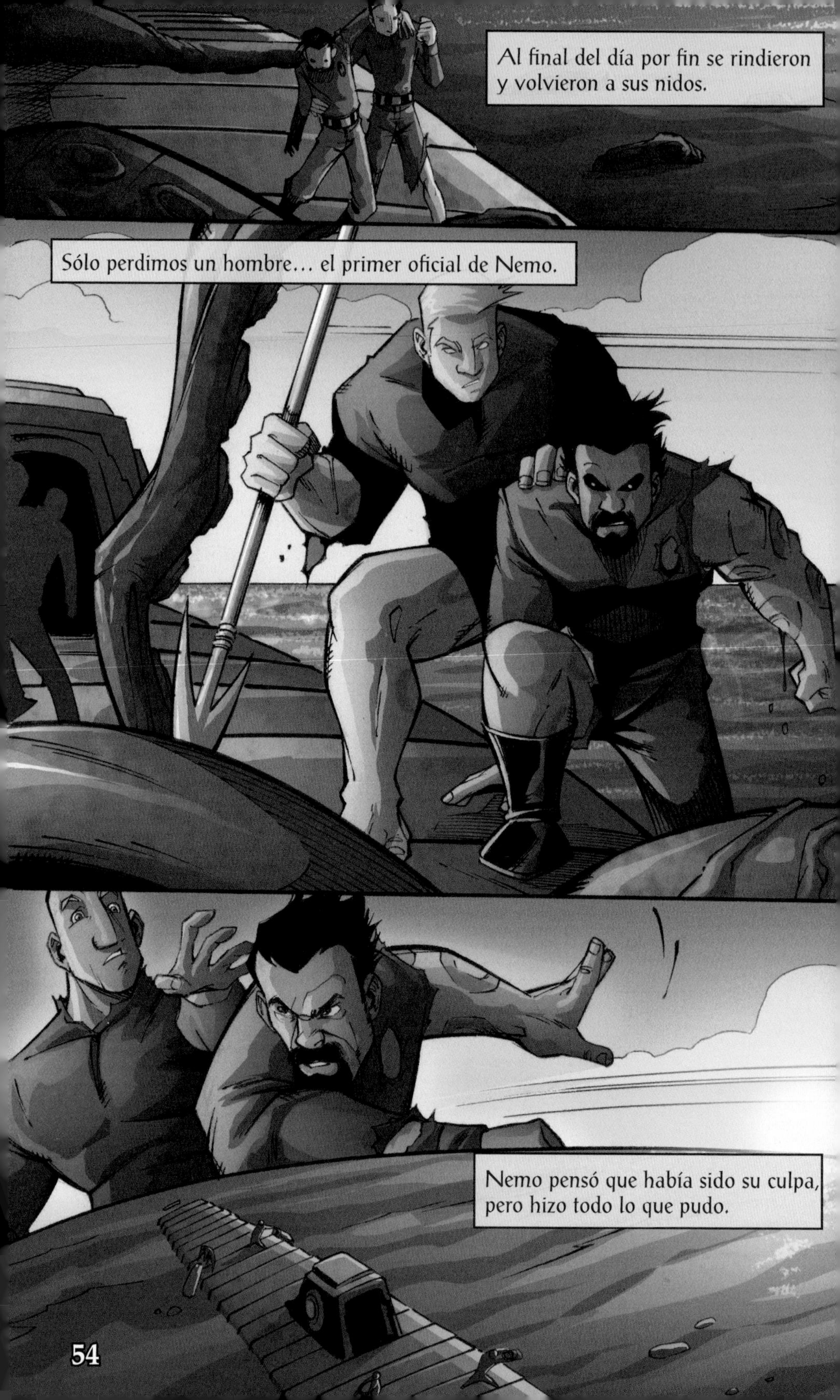
Al final del día por fin se rindieron y volvieron a sus nidos.
Sólo perdimos un hombre… el primer oficial de Nemo.
Nemo pensó que había sido su culpa, pero hizo todo lo que pudo.

CAPÍTULO 5 : Termina el viaje

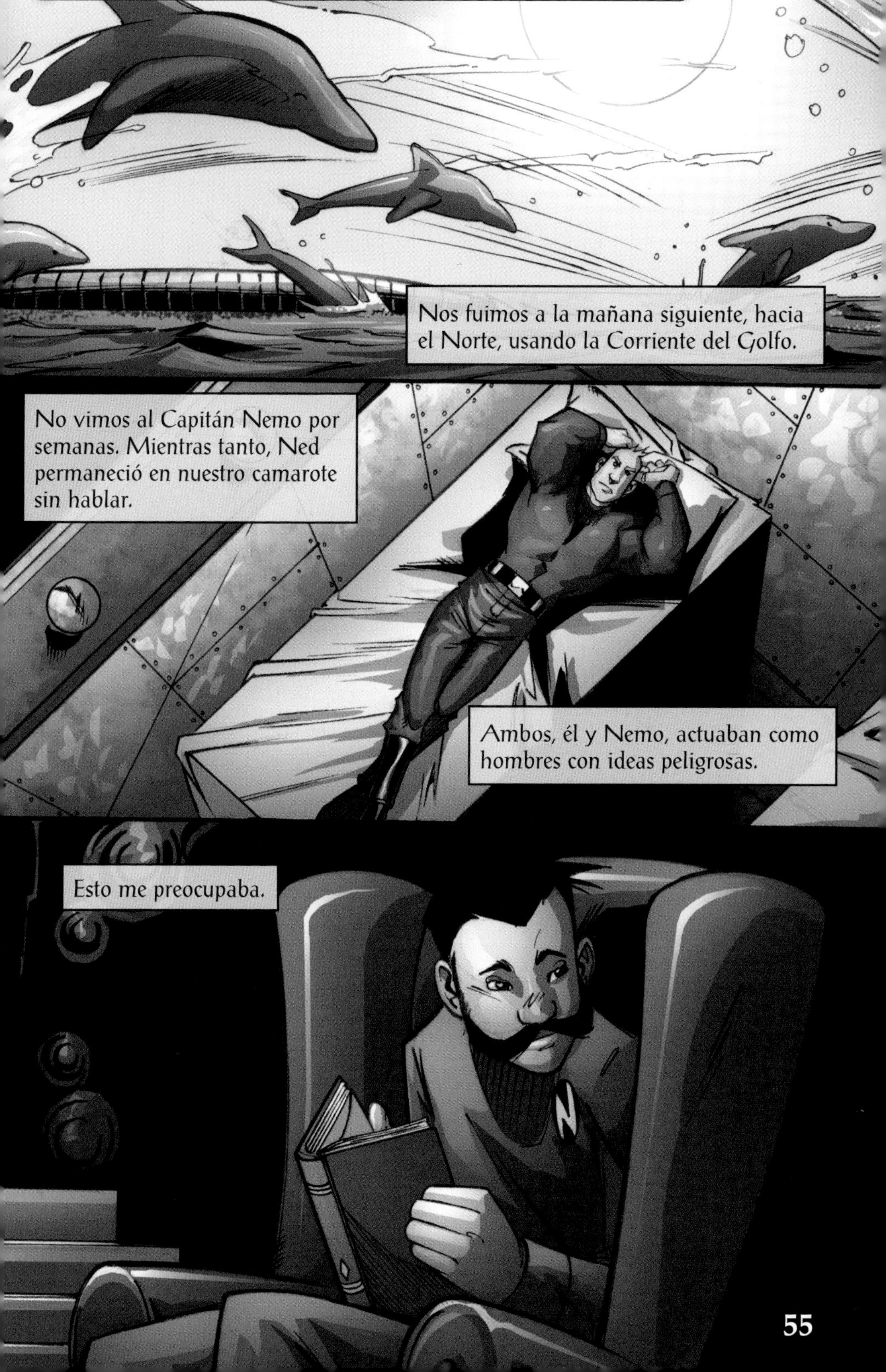

Nos fuimos a la mañana siguiente, hacia el Norte, usando la Corriente del Golfo.
No vimos al Capitán Nemo por semanas. Mientras tanto, Ned permaneció en nuestro camarote sin hablar.
Ambos, él y Nemo, actuaban como hombres con ideas peligrosas.
Esto me preocupaba.

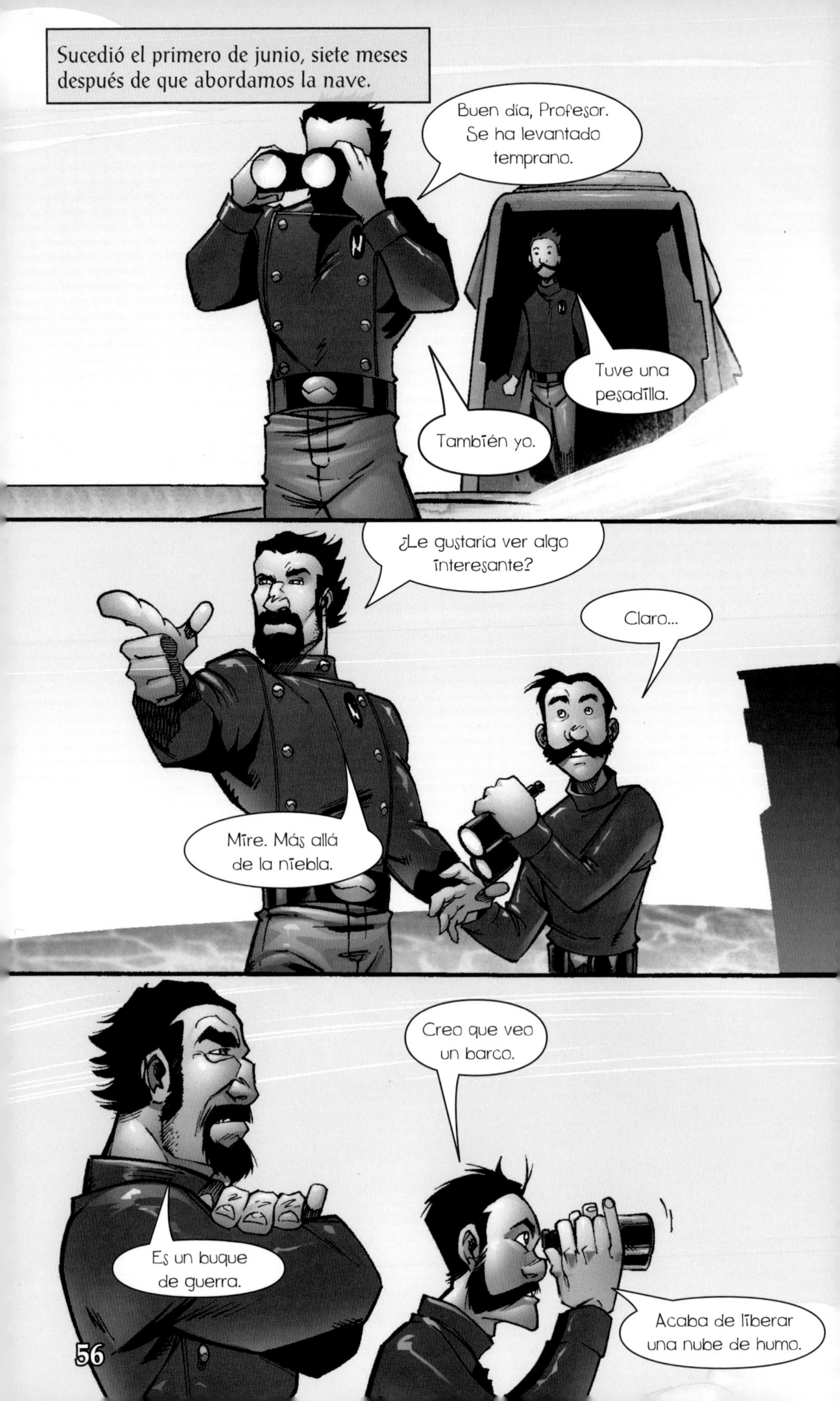
Sucedió el primero de junio, siete meses después de que abordamos la nave.
Buen día, Profesor. Se ha levantado temprano.
Tuve una pesadilla.
También yo.
¿Le gustaría ver algo interesante?
Claro...
Mire. Más allá de la niebla.
Creo que veo un barco.
Es un buque de guerra.
Acaba de liberar una nube de humo.

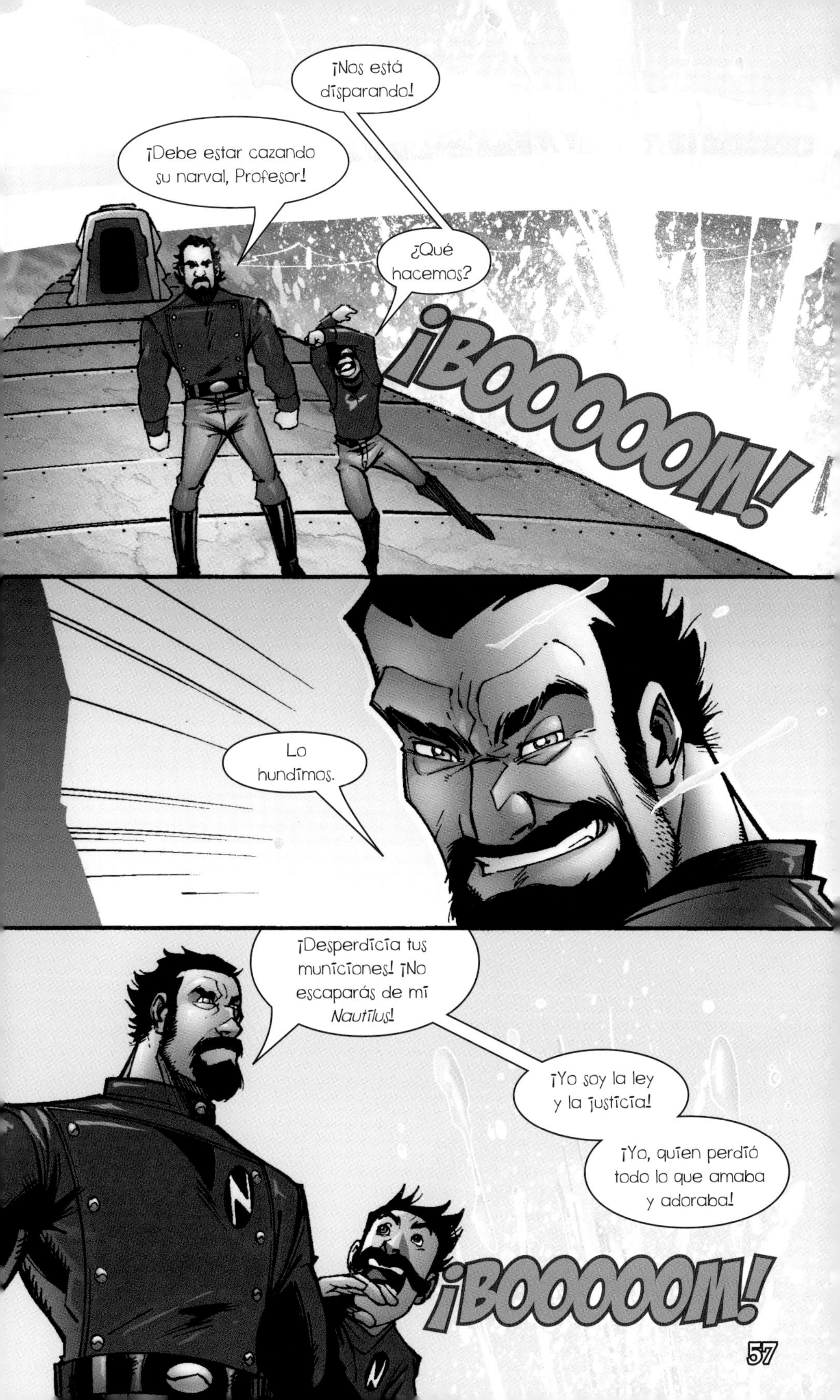
¡Debe estar cazando su narval, Profesor!
¡Nos está disparando!
¿Qué hacemos?
¡BOOOOOM!
Lo hundimos.
¡Desperdicia tus municiones! ¡No escaparás de mi *Nautilus*!
¡Yo soy la ley y la justicia!
¡Yo, quien perdió todo lo que amaba y adoraba!
¡BOOOOOM!

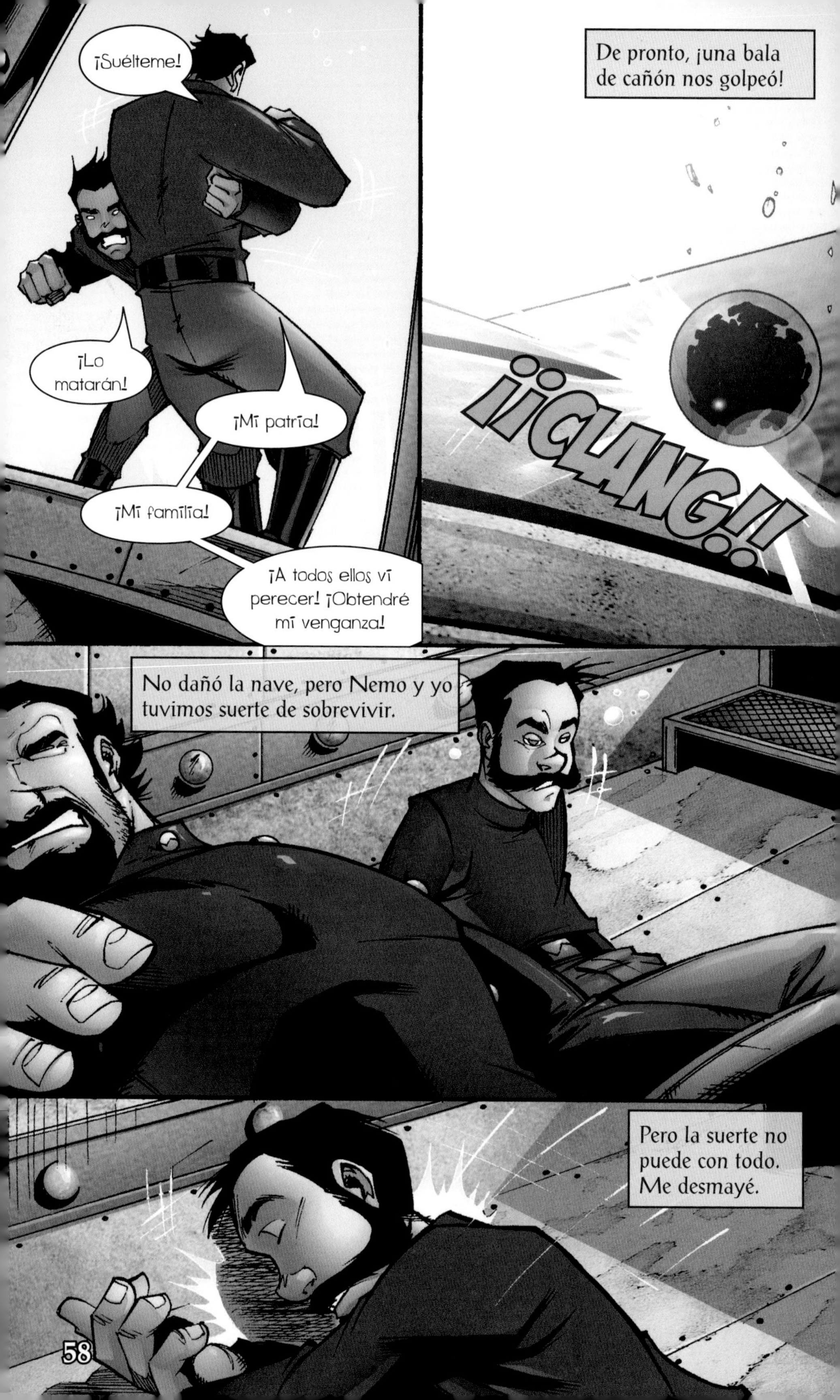
¡Suélteme!
¡Lo matarán!
¡Mi patria!
¡Mi familia!
¡A todos ellos vi perecer! ¡Obtendré mi venganza!
De pronto, ¡una bala de cañón nos golpeó!
¡¡CLANG!!
No dañó la nave, pero Nemo y yo tuvimos suerte de sobrevivir.
Pero la suerte no puede con todo. Me desmayé.

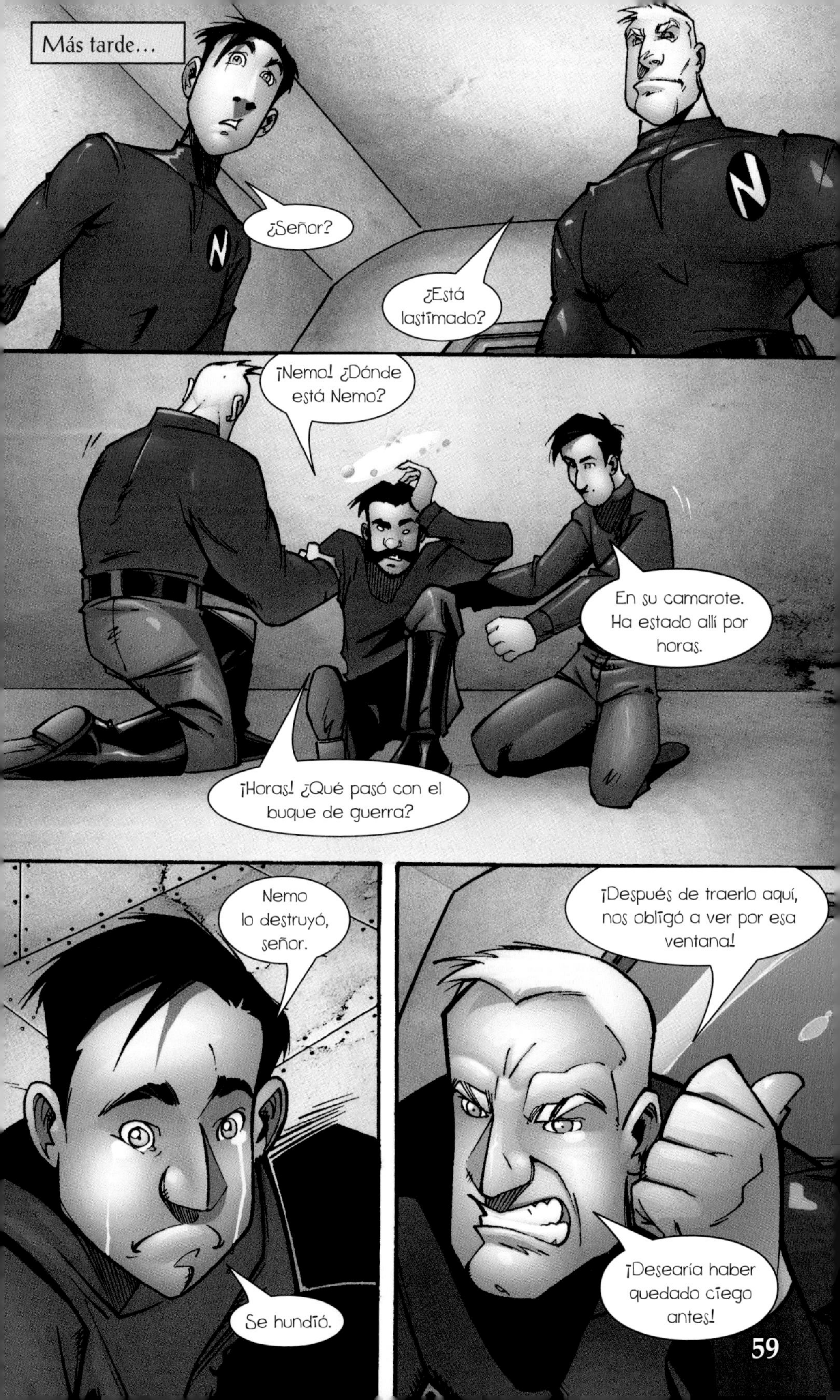
Más tarde...
¿Señor?
¿Está lastimado?
¡Nemo! ¿Dónde está Nemo?
En su camarote. Ha estado allí por horas.
¡Horas! ¿Qué pasó con el buque de guerra?
Nemo lo destruyó, señor.
Se hundió.
¡Después de traerlo aquí, nos obligó a ver por esa ventana!
¡Desearía haber quedado ciego antes!

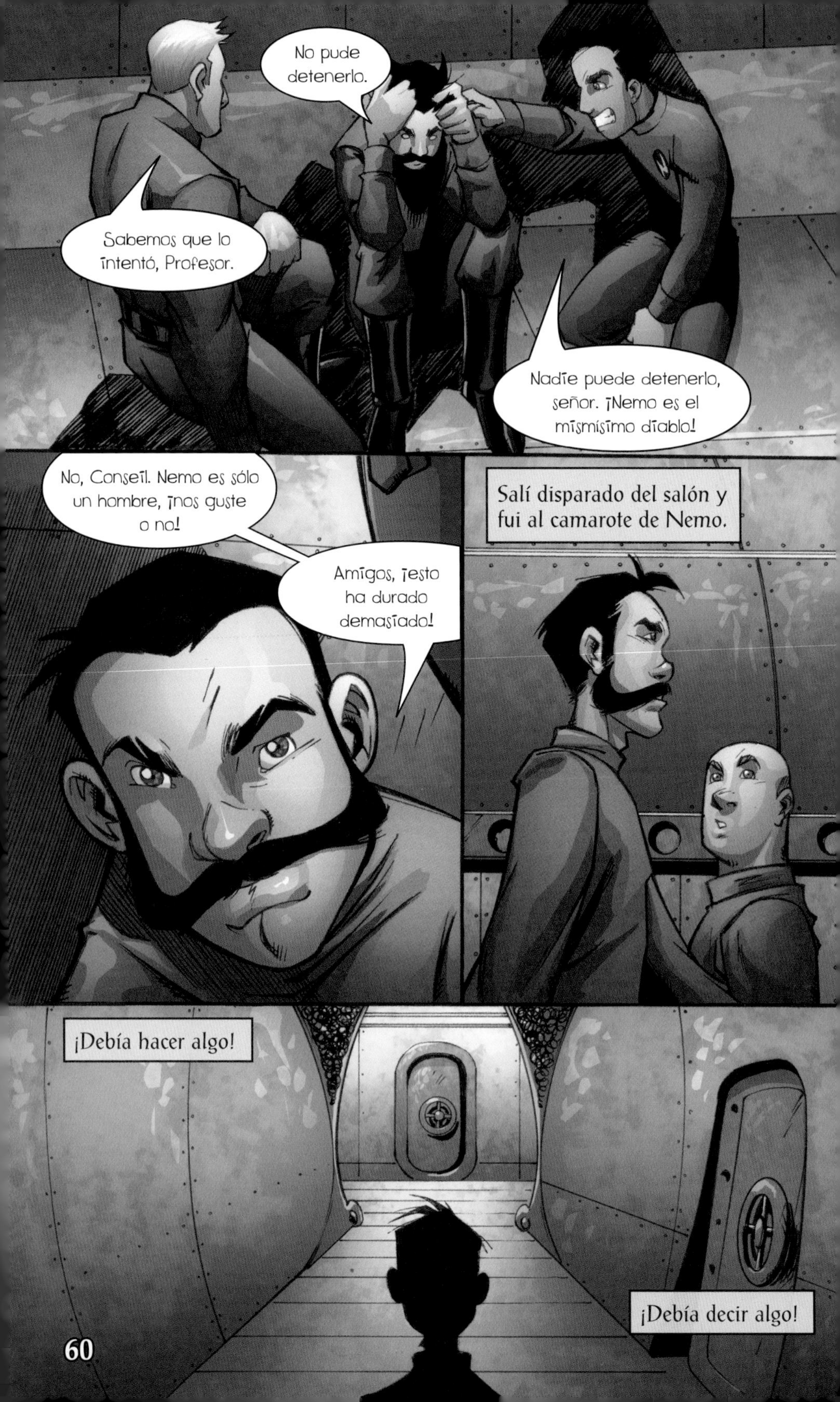
No pude detenerlo.
Sabemos que lo intentó, Profesor.
Nadie puede detenerlo, señor. ¡Nemo es el mismísimo diablo!
No, Conseil. Nemo es sólo un hombre, ¡nos guste o no!
Amigos, ¡esto ha durado demasiado!
Salí disparado del salón y fui al camarote de Nemo.
¡Debía hacer algo!
¡Debía decir algo!

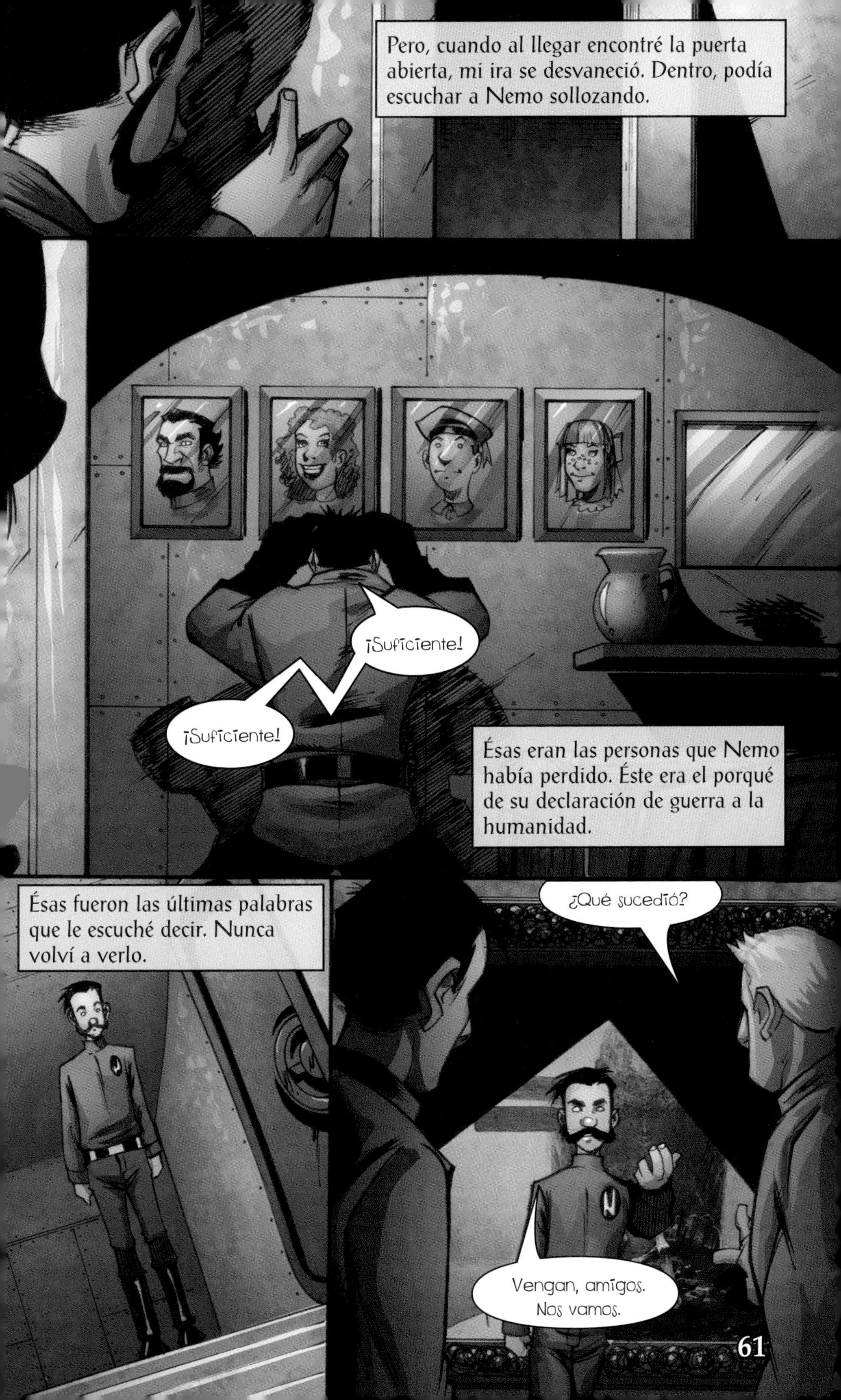
Pero, cuando al llegar encontré la puerta abierta, mi ira se desvaneció. Dentro, podía escuchar a Nemo sollozando.
¡Suficiente!
¡Suficiente!
Ésas eran las personas que Nemo había perdido. Éste era el porqué de su declaración de guerra a la humanidad.
Ésas fueron las últimas palabras que le escuché decir. Nunca volví a verlo.
¿Qué sucedió?
Vengan, amigos. Nos vamos.

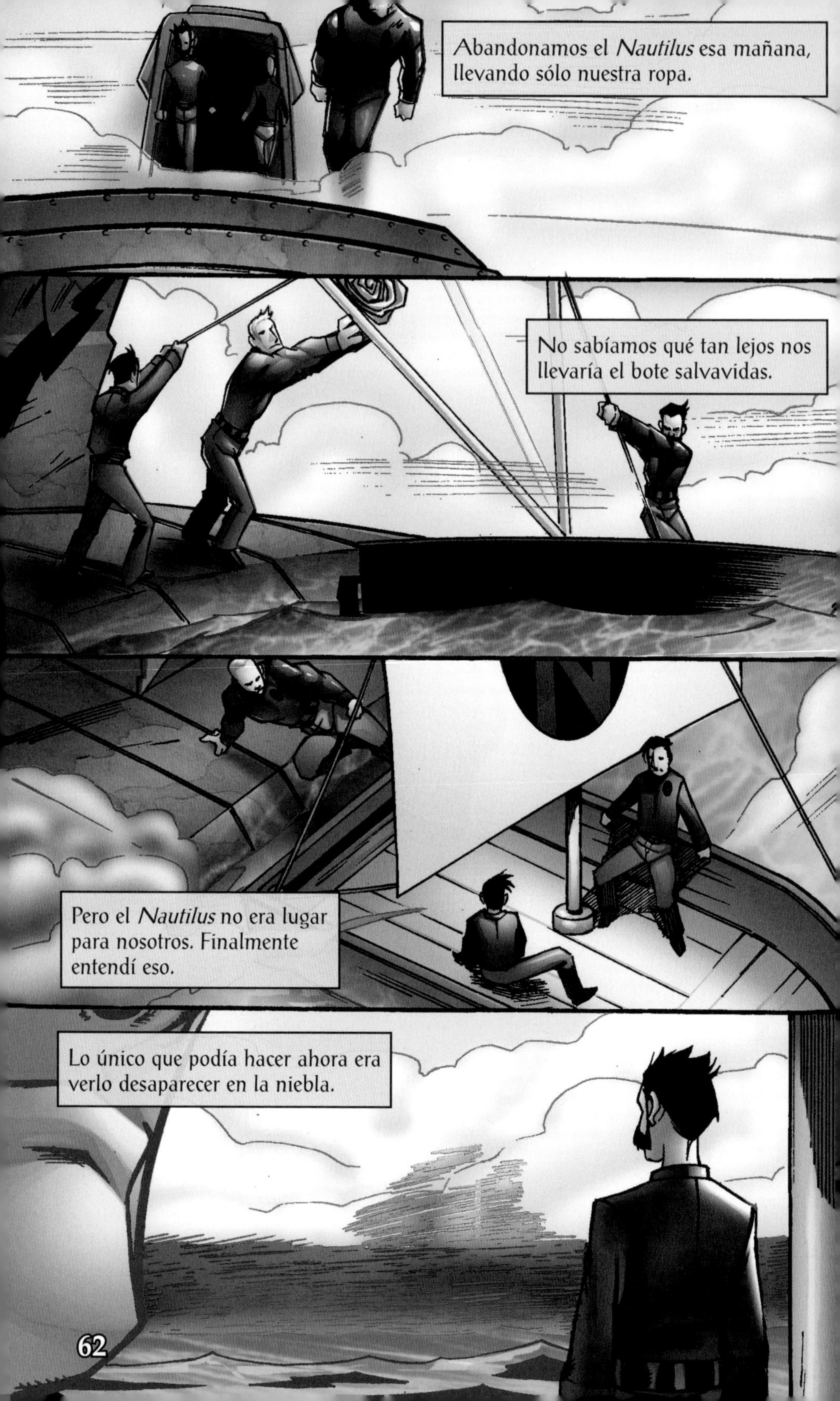
Abandonamos el *Nautilus* esa mañana, llevando sólo nuestra ropa.
No sabíamos qué tan lejos nos llevaría el bote salvavidas.
Pero el *Nautilus* no era lugar para nosotros. Finalmente entendí eso.
Lo único que podía hacer ahora era verlo desaparecer en la niebla.

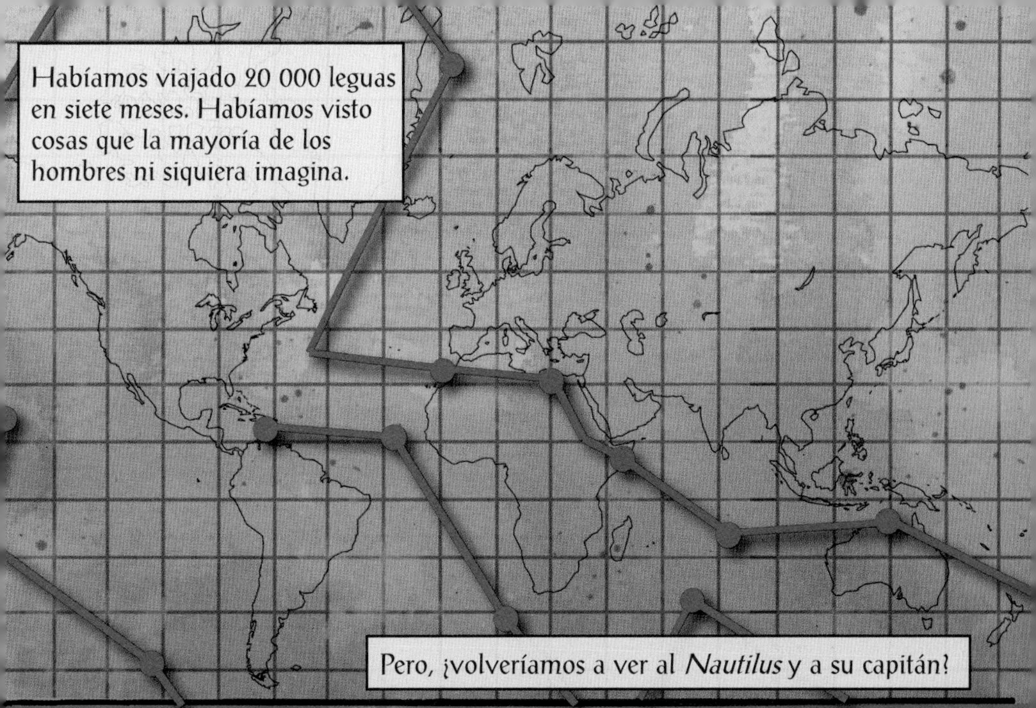
Habíamos viajado 20 000 leguas en siete meses. Habíamos visto cosas que la mayoría de los hombres ni siquiera imagina.
Pero, ¿volveríamos a ver al *Nautilus* y a su capitán?

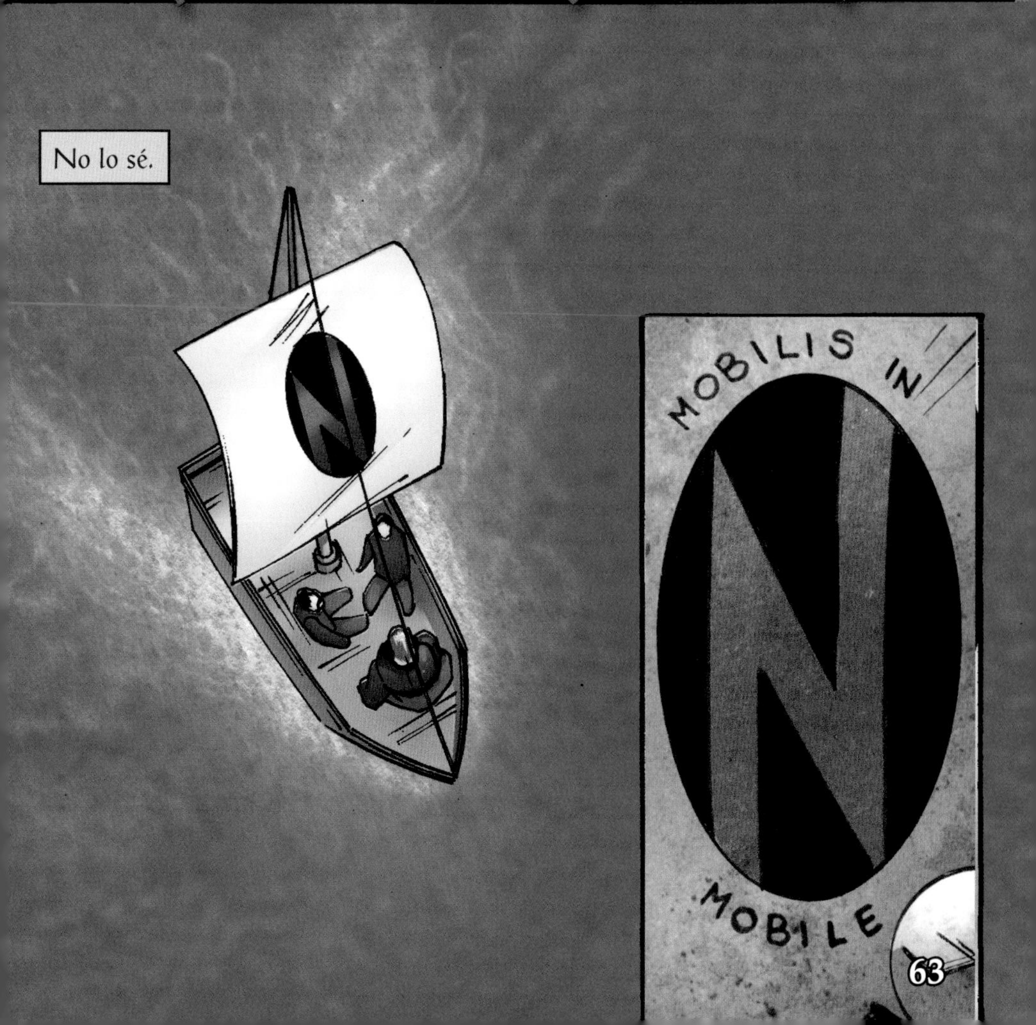
No lo sé.
MOBILIS IN MOBILE

ACERCA DEL AUTOR

Julio Verne nació el 8 de febrero de 1828 en Francia. Al crecer cerca de un río, la constante vista de los barcos despertó su interés por los viajes. De hecho, siendo un muchacho intentó escaparse de su casa y convertirse en mozo de camarote. Afortunadamente, su padre lo atrapó y Verne fue enviado a París para estudiar leyes. Durante su estadía, Verne escapaba del aburrimiento del estudio escribiendo historias. Cuando su padre descubrió este hobby, dejó de enviarle dinero para sus estudios. Verne comenzó a vender sus historias, incluyendo *20 000 leguas de viaje submarino*, en 1870. En sus relatos, mayormente de ciencia ficción, Verne imaginó artefactos fantásticos que durante el siglo XX se hicieron realidad: la televisión, los helicópteros, los submarinos o las naves espaciales, entre otros. Por su valioso aporte a la educación y la ciencia, fue condecorado por el gobierno de Francia con la Legión de Honor. Antes de su muerte, en 1905, el autor compró un bote y recorrió Europa.

ACERCA DEL ADAPTADOR

Carl Bowen es un escritor y editor que vive en Lawrenceville, Georgia, EE.UU. Nació en Louisiana, vivió brevemente en Inglaterra y creció en Georgia, donde acudió a la escuela primaria, la secundaria y la universidad. Ha publicado un puñado de novelas y más de una docena de cuentos, todo mientras trabajaba como editor en White Wolf Publishing. Su primera novela gráfica, publicada por Udon Entertainment, se llama Exalted.

GLOSARIO

Arpón: lanza larga que se utiliza a menudo para cazar ballenas o peces.

Binoculares: instrumento que se utiliza para observar objetos que se encuentran a la distancia.

Cámara: habitación pequeña o un espacio cerrado.

Canal: pasaje que conecta dos afluentes de agua.

Civilizado: que tiene buenos modales o educación.

Humanidad: el grupo de todos los seres humanos.

Justicia: acto por medio del cual se hacen cumplir las reglas de una sociedad, las leyes.

Legua: unidad de medida; una legua equivale a cerca de tres millas o cinco kilómetros.

Mobilis in mobile: frase en latín que significa "móvil en el elemento móvil".

Narval: especie de ballena, animal del océano que mide cerca de 6 metros de largo y tiene enormes colmillos.

Perecer: morir, dejar de existir.

Propulsor: mecanismo que impulsa hacia delante una máquina, como un barco.

Teoría: una idea que explica determinado proceso o evento.

MUNDO SUBMARINO

Muchas personas creen que Alejandro Magno fue la primera persona que viajó bajo las aguas en una embarcación cerrada. Cuenta la leyenda que el líder griego exploró el mar Egeo dentro de un barril de vidrio cerca del año 333 a.C., es decir, hace más de 2000 años.

El artista Leonardo Da Vinci, quien pintó la famosa Mona Lisa, también desarrolló planos para construir un barco submarino durante el siglo XVI. Sin embargo, Da Vinci mantuvo en secreto sus planes porque temía que su invención fuera utilizada para la guerra.

Menos de 300 años después, el temor de Da Vinci se convirtió en realidad. David Bushnell construyó el primer submarino utilizado para batallas. La *Tortuga*, como lo llamaron, estaba hecho de madera, podía llevar una persona, y mantenerse debajo del agua por media hora. El 6 de septiembre de 1776, la Armada estadounidense utilizó la *Tortuga* para enfrentar un barco de guerra británico. El ataque fue infructuoso.

Durante la Guerra Civil, la Armada de los Estados Unidos probó su primer submarino. El *Cocodrilo* medía 14 metros de largo y podía llevar más de 14 tripulantes. Mientras era remolcado a la batalla en 1863, una tormenta lo hundió en la costa de Carolina del Norte. Nunca fue encontrado.

Los primeros submarinos eran movidos con remos o con hélices accionadas a mano. La Armada de los Estados Unidos lanzó el primer submarino movido por energía nuclear en 1954. Lo llamaron el *Nautilus*, al igual que la nave submarina del Capitán Nemo. En 1958, el *Nautilus* se convirtió en el primer submarino en cruzar el Polo Norte por debajo del hielo.

Desde ese entonces, la energía nuclear ha dado fuerza a los más rápidos submarinos que se hayan construido, incluyendo los submarinos de clase Alfa de Rusia. Estas naves viajan a casi 500 km por hora.

El 23 de enero de 1960, el *Trieste* se convirtió en el submarino que más profundo se sumergió en la historia. El *Trieste* se sumergió cerca de 11 500 metros de profundidad antes de alcanzar el lecho del Océano Pacífico.

PREGUNTAS PARA DEBATIR

1. Si estuvieras atrapado en el submarino de Nemo, ¿querrías escapar, como Ned Land, o disfrutarías del viaje? Explica tu respuesta.

2. Ned Land parecía no confiar en el Capitán Nemo. Entonces, ¿por qué crees que lo salvó del tiburón? Explica tu respuesta dando detalles de la historia.

3. ¿Crees que el Capitán Nemo superará alguna vez la pérdida de su familia y volverá a la superficie? ¿O crees que pasará el resto de su vida bajo el mar? ¿Por qué?

PROPUESTAS DE ESCRITURA

1. Escribe tu propia aventura submarina. ¿Cómo sería tu submarino? ¿A dónde viajarías? ¿Qué tipo de criaturas enfrentarías?

2. Al final de la historia, el *Nautilus* desaparece en la niebla. ¿A dónde crees que irá? Escribe una historia acerca del próximo viaje de Nemo y su tripulación.

3. Imagina que debes hacer un viaje submarino durante un año y sólo puedes llevar tres cosas. ¿Qué cosas elegirías y por qué?

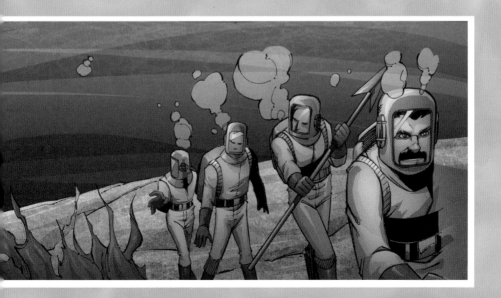

20 000 LEGUAS...
Y EL SÉPTIMO ARTE

La primera adaptación de la historia al formato cinematográfico la realizó el famoso director francés de cine mudo George Méliès en el año 1907, aunque sólo tenían en común el título... Era un filme de apenas 10 minutos y tenía sólo 30 escenas.

En 1916, Stuart Paton dirigió una nueva versión libre, basada en *20 000 leguas...* y en *La isla misteriosa*. Esta película se destacó por las fantásticas escenas bajo el agua, filmadas con unas cámaras especiales que crearon los hermanos George y Ernest Williamson. La película se filmó en unas islas de las Bahamas, elegidas por la claridad de sus aguas.

En ese mismo lugar, se filmó la versión de Walt Disney, en el año 1954. Fue dirigida por Richard Fleisher y protagonizada por Kirk Douglas, quien hizo el papel de un rudo Ned Land. Fue una de las primeras películas filmadas en CinemaScope, un sistema de filmación que se caracterizó por el uso de imágenes amplias en las tomas.

Una versión muy libre del personaje del Capitán Nemo aparece en la película *La liga extraordinaria* (2003). Allí se une a otros famosos personajes de libros de aventuras, para salvar al mundo.

OTROS TÍTULOS DE ESTA COLECCIÓN

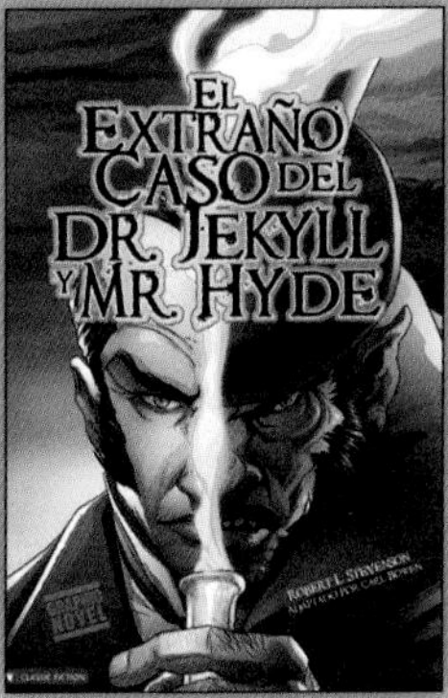
EL EXTRAÑO CASO DEL DR. JEKYLL Y MR. HYDE
GRAPHIC NOVEL

El extraño caso del Dr. Jekyll y Mr. Hyde

El Dr. Jekyll es un científico que cree que todo ser humano tiene dos mentes: una noble y otra vil. Luego de varios experimentos, desarrolla una poción para separarlas. Al principio, puede controlar sus transformaciones. Pronto, sin embargo, su mente vil toma el control, y el Dr. Jekyll se convierte en un horrible desalmado conocido como Mr. Hyde. ¿Podrá encontrar una nueva fórmula para evitar que vuelva a matar?

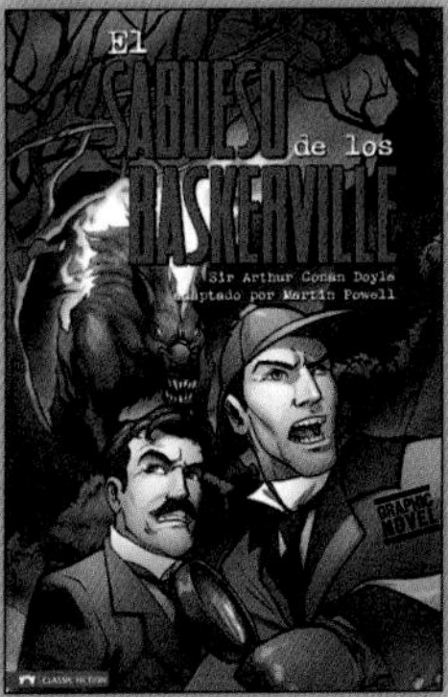
El SABUESO de los BASKERVILLE
Sir Arthur Conan Doyle
GRAPHIC NOVEL

El Sabueso de los Baskerville

Una noche, Sir Charles Baskerville es atacado fuera de su casa en Dartmoor, Inglaterra. Los habitantes dicen haber visto un monstruo en la zona y haber escuchado su espeluznante aullido a la luz de la luna. ¿Podría ser el Sabueso de los Baskerville, una legendaria criatura que acecha en el páramo cercano? Sherlock Holmes, el mejor detective del mundo, investiga el caso.

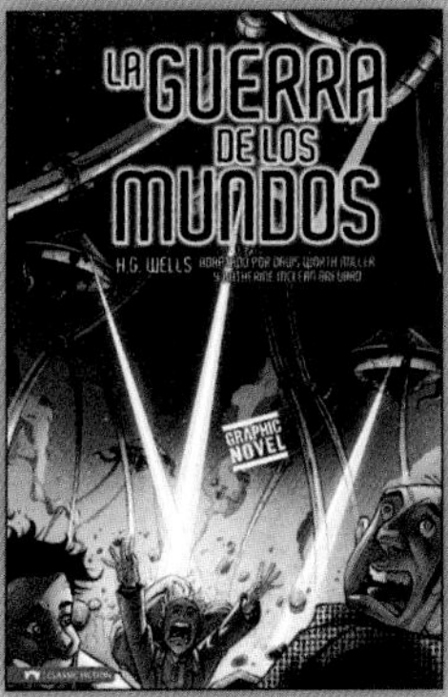
LA GUERRA DE LOS MUNDOS
H.G. WELLS
GRAPHIC NOVEL

La guerra de los mundos

A fines del siglo XIX, un extraño meteorito se estrella cerca de Londres, Inglaterra. Cuando George y otros habitantes de la ciudad investigan, descubren un enorme cilindro alienígena. Pronto, un marciano activa una máquina malvada ¡y comienza a destruir todo a su paso! Ahora George deberá encontrar una forma de sobrevivir a la Guerra de los Mundos.

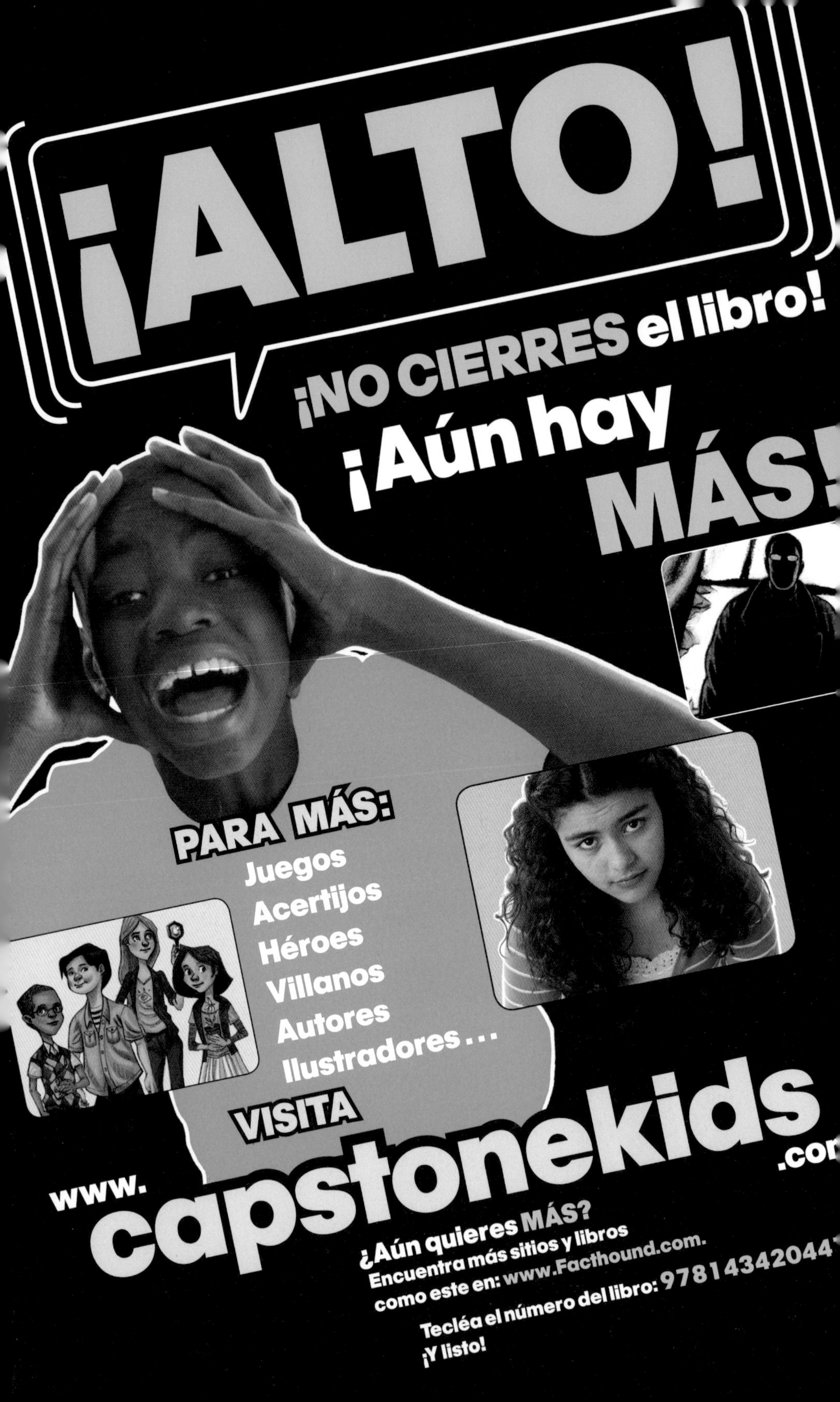
¡ALTO!
¡NO CIERRES el libro!
¡Aún hay
MÁS!
PARA MÁS:
Juegos
Acertijos
Héroes
Villanos
Autores
Ilustradores . . .
VISITA
www.
capstonekids
.com
¿Aún quieres MÁS?
Encuentra más sitios y libros
como este en: www.Facthound.com.
Tecléa el número del libro: 9781434204
¡Y listo!